文訊叢刊⑮

年輕出擊

# 陽光心事

——張曼娟、林黛嫚、楊明、林雯殿

鄒敦怜

文訊雜誌社　編

# 序

⊙李瑞騰

從第廿五期（七十五年八月）開始，「文訊」即設有「年輕出擊」專欄，選擇表現傑出的文藝工作者加以報導。所謂「表現傑出」指的是致力於文藝工作，而近期曾發表值得注意的作品，或是在某文藝競賽中獲獎者。我們實際的作法是請對這一位文藝工作者有所認識的朋友，針對人與作品加以敍述並分析。

到六十三期（八十年一月）爲止，這個專欄一共介紹了四十九位，其中大部分是屬文學類，當然這和我們平常關切的範疇有關。我們曾力求突破，希望在音樂、美術等藝術範疇尋找對象，但由於資訊管道有限，成效始終不佳。

在所介紹的年輕作家，依文類分佈，詩人八位，散文家五位，小說家廿八位。小說一枝獨秀，備受寵愛，這本來就是整個廿世紀的一般情況，原不足驚奇，但女性作家在量上的優勢（在廿八位小說作者中女性十七位），實值得我們深思。

下面幾個統計數字應有參考價值：

一、全唐詩收了兩千兩百多位詩人的作品，女性詩人不足兩百位，知名的只魚玄機等少數幾人而已。

二、宋代的女詞人，名姓約略可知的約一百三十人，生平事蹟可得而說的，只不過李清照、朱淑貞等數人而已。

三、民國三十八年以前的大陸文壇，以寫詩人來說，港大、中大合編的「現代中國詩選」（一九一七—一九四九）計收一〇九家，確定是女詩人的只有冰心等三位。

四、光復前的台灣文學界，以遠景版的「光復前台灣文學全集」（十二冊）來看，除了楊逵夫人葉陶女士、蔡德音夫人月珠女士偶有詩作以外，其餘皆男性作家。

五、民國七十三年中央圖書館等單位舉辦「當代女作家作品展」，從書目中可以發現，當代台灣及海外自由地區有單行本出版的女作家截至七十二年底有二九四人。文建會於同年出版的「中華民國作家作品目錄」計收作家六二三人，其中女性有一七九人，約佔了百分之三十弱。另外，隨手抽查略帶有批評意味的兩本「作家資料書」，一本是民國五十七年梅遜編的「作家羣像」，在所介紹的三十六位作家中，女性有十四位，約佔百分之四十；一本是民國七十四年隱地編的「作家與書的故事」，在三十五位作家中，女性十五位，約佔百分之四十三。（以上詳拙文「女性文學的多元化」）

六、希代版「新世代小說大系」中，民國四十五年以後出生的五十五位小說作家中，女性有三十二位，約佔百分之五十八。

女性作家在量上的擴增，尤其是新生代，到了八〇年代已足以與男性作家分庭抗禮，同時她們的作品在書籍市場上暢銷，無形中左右了大部分文學閱讀人口的品味，頗有導引文風的可能性；從另外一個角度來看，女性的社會參與日漸繁多，文學的題材和主題表現已經多元化，讓人不得不重視。

如果以十年為一代，那麼民國四十五年以後出生的女性小說作家就是戰後出生的第二代，她們崛起於八〇年代，在各種文藝營及重要文學獎中獲得重視，成為文學書籍市場上的主力，實在值得觀察。

從「年輕出擊」輯出的十七位女性作家，最年長的是蔡秀女（四十五年生），最年輕的是鄒敦玲（五十六年生），我們將她們區分成三輯：「陽光心事」、「人間有花香」、「深情與孤意」，並附錄一篇她們的作品，讀者應更能掌握她們的小說特質。

感謝分別為她們撰寫報導文章的朋友，感謝所有被報導者同意我們附錄她們的大作；文訊編輯同仁不辭辛勞的工作，更是讓我感佩。

# 目錄

## 鄒敦怜



阿弘幾次要說話，却說不出口，
只得一直清喉嚨。
「你們年輕人身體眞不行，
我去找胖胖的衣服給你們披著。」……

年輕出擊

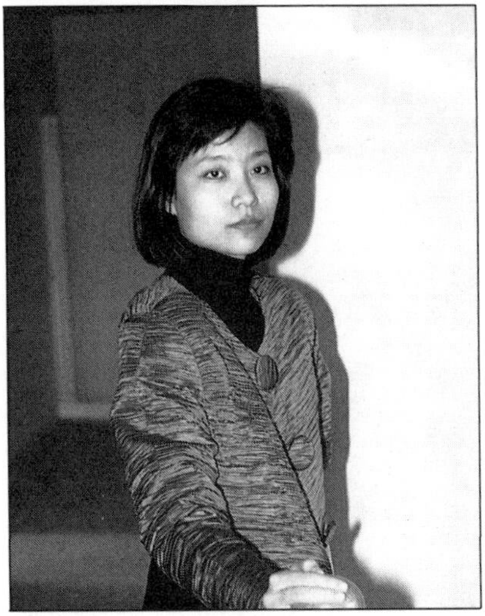

民國五十年生，河北人。東吳大學中文研究所博士，現任教於東吳大學、文化大學。曾獲全國學生文學獎、教育部文藝創作獎、中興文藝獎章。著有小說集「海水正藍」、「笑拈梅花」；散文集「緣起不滅」、「百年相思」等。

**張曼娟**

◉阿盛

# 人間到處有碼頭

## 看張曼娟的小說

這是一個擺渡的人麼？

我將「海水正藍」這本書從第三頁看到第二百五十四頁，也許我曾漏了些許字，不過，用心思索了大約半個鐘頭，我決定這麼說，張曼娟不是如她自己所言的「擺渡女郎」，她應該是個船客，一個有細緻的心思的愛坐船的女客。

「擺渡」可能是張曼娟對寫作事業的譬喻，似乎她想藉由文字「渡」一些人。卻是，就長遠看，她更適合做個愛看人海浪花的船客。當然，字義界定會有相差，我將我的意思明說——擺渡是一件很擔責任的事，擺渡人往往會疲倦於可觀的風景、可記的事情，而船客呢，船客可以望見碼頭就上船，船裡船外，多的是人生百態，看啊，人上人下，恆常會有意外的人事物可看，在擺渡人專注於水流、用力於撐持的俟候。

張曼娟會有自己的寫作理念，我所能做的就是觀其文以論其人。

「海水正藍」一書，收有七篇小說，其中，「長干行」、「落紅不是無情物」、「儼然記」、「乍暖還寒時候」等四篇，寫的是男女情愛，「永恆的羽翼」描寫老人與兒女間的問題，「海水正藍」敍述現代家庭的故事，「黃道吉日」一文則較特殊，以男性觀點作文章。

對一個熱衷寫作的年輕人，合當不作苛評，尤其是題材的選擇。男女情愛是文學的永恆題材之一，張曼娟在這方面著墨甚多，我覺得沒什麼不好，她那樣的年紀、那樣的見聞，不寫情愛才有問題。眞正的問題是，她寫得如何？

與張曼娟同是東吳人，同是中文人，我很能了解古典文學對一個現代寫作者的束縛，有一種說法——讀中文系的人較放不開手腳使用文字。不過，說是這麼說，一個創作者應是有能力打破規矩，「創作」麼，又不是述作。張曼娟顯然並未因爲接受古典文學訓練而自限，這可以從她的文字中看出來。

我是不舉例的，你得自己去看她的作品求證。不過，我要舉出一個例外，「儼然記」一文，對話裡有不少「科班影子」。事實上，我坦承自己喜歡這個故事，這個故事大約也只有女孩子能寫得那般細膩。與其他幾篇寫情愛的文章一樣，張曼娟的心思夠細緻了，可喜的是，細細的心思沒有纏夾一團，沒有亂了分寸。如果說這一點是張曼娟的長處，料是不會有人反對。

四篇同題材的文章中，「乍暖還寒時候」最好，在此文中，情愛其實已不是主線，三個主要人物（母親算一個）都描寫得相當傳神，倒敍轉折也好，加上張曼娟擅長的心理描摩，合成了一篇頗可觀的小說。當然，瑕疵不免，若是將此文說成完美十分，我一定會挨戒棍，可我真是敢這麼說，從「乍」文看來，張曼娟要是繼續精進，不難獲得更高的評價。

這麼說似乎「白說」了，繼續精進當然會獲得讚賞，這還用得著多費唇舌？不然，我將寫作者分成三大類，其一，可以寫，其二，可寫可不寫，其三，不可以寫。第三類是指那些既無技巧又無才華的人，他們永遠在寫些別人不知所云、自己所云不知的文章，你說他胡扯罷，他還眞有本事找到發表的地方，從天狼星到蘭花草他全知道一些，就是永遠不知道怎麼去寫出一點「東西」；第二類是指那些文筆尚稱通順，才華也有一丁點的人，這種人很多，我不多說，以免一句話惹來三千支亂棒；第一類是什麼樣的人，你明白。我的意思是，張曼娟不屬於第二、第三類，她有潛力，可以寫，在這樣的基礎上，她若自求精進，他人可以寄以厚望，至少，她有令人願意寄以厚望的本錢。

「永恆的羽翼」與「海水正藍」二文，能夠輔證「厚望」的說法。這兩篇文章跳出男女情愛，將眼光放在兒女私情之外，證實張曼娟的筆路並不狹窄。先前我說過，張曼娟年紀輕、閱歷少，寫作自然會選擇情愛的題材，這與青春有關，青春是攔不住的，包括寫作都必然要受它衝撞，這個時期，不管是流下滾燙的淚還是痛快的乾杯，都會成為青春的另一個註解。而張曼娟不將它留在日記簿裡慢慢的回味，她寫出來了，寫得有模有樣。也許，十年後，張曼娟回頭看這些寫情的小說，會自覺當年是未開的蓓蕾，但又何妨？只要十年後別再寫出二十歲的文章，便是大好。所謂「無怨的青春」，我的解釋是，不要後悔青春時期所做的事，但是，四、五十歲的人最好莫要故作青春狀，青春的文章讓青春的人去寫。

話題並未扯遠，張曼娟好像是二十五歲，以臺灣現行的教育體制來衡量，二十五歲，唸完大學的人只能算是剛脫離父母學校的搖籃；你道是他們懂事罷，他們說不定仍然以為青年守則是現實社會的唯一標準，你道他們不懂事罷，他們倒是敢於高談後現代主義，至於現實社會是什麼樣子、後現代主義到何處去，他們全不管。還好，張曼娟寫出了「永」文與「海」文，她讓人瞧見一個事實，她用肉眼用心眼正視人間世，她踏著土地走路，姿勢未必很模特兒，可以比打高空好上幾千倍。

一個寫作者的潛力，絕對可以從作品中探知。我們可以這麼說，一個寫作者關懷層面的廣度深度與寫作潛力成正比。寫作者是人，活在人堆中，不該也不能老是躲在高山上看世界。這一點，我願意相信張曼娟有能力自行思量、處理。有位老先生，亦文學中人也，他與我談起描寫現實的作品，大呼曰：現實現實，年輕人描寫什麼社會視實！存什麼心！我怡然不語，只當他是「反面佛陀」，他在「拈花」，我唯微笑耳，「現實」二字居然可以被當成「惡意」的代名詞，何其滑稽？這個時代究竟什麼地方出了問題？人不是活在現實社會中麼？人不是在現實社會中飲食笑啼麼？描寫社會現實的人瘋了麼？經濟長足發展不是社會現實麼？色情氾濫不是社會現實麼？社會現實不可以描寫麼？文學題材只能定於一麼？文學烏乎定？親愛的社會，這是什麼道理？

要是張曼娟願意，我奉上一句話：寫作本是良心事，要笑要啼隨在伊。題材，總有一天，張曼娟會發現，擴展題材，更用心注視周遭的與你我一般平凡的人，則寫作將會更有意義。同時，我要提起鹿憶鹿，這位與張曼娟同齡同校同系的年輕寫作者，我對她的期望，大約等同對張曼娟。

題材的擴展，須由經驗來（經驗，廣義的經驗）。張曼娟的「海」文、「永」文已經有擴展題材的意向，努力啊。

好，再談「擺渡」一事。我說的，張曼娟（與鹿憶鹿）可以同意也可以不同意。你瞧那觀音山，靜靜躺著，船來了，船去了，擺渡的人是撐竹筏也罷，是駕駛馬達小輪也罷，他來了，他去了，你問問他，看過多少人間事？他說得上來否？他說不上來的，他即使換了碼頭，一樣得隨時注意自己的技術，他渡了別人的身，渡不了別人的心，這好比寫作者只專注於修辭技巧而不知擴展題材。觀音山不言不語，它看到的絕對比擺渡人多，擺渡人恆常在動，但是，不動的觀音山看到的比他多！可是，當船客不同，船客也會動，船客還會看會說，眞要渡化人心，看到說出便是。那麼，張曼娟，天下碼頭數不盡，天下海水未盡藍，妳一定知道，人海裡形形色色，世上有成千上萬的船隻等著妳去坐，人啊，人，妳一定也知道，這人間到處都有淡水碼頭。

——七十五年十月，文訊廿六期

〈張曼娟作品〉

# 唯有今生

**曾經，他對她許過來生的諾言。**
**誰知道呢？連今生都掌握不了，**
**怎麽還能寄望來世？**

## 一

撥完最後一個號碼，謝崇安的決心開始動搖。這個電話不該打，她清楚地知道。可是，她無法控制自己。在這個圈子裡，她一向以冷靜機敏自豪，很少有失控的時候。然而，在這樣特殊的夜晚裡，被孤寂逼得無處可以遁逃，她終於還是撥了這通電話，隱隱帶著股絕望的情緒，聆聽鈴聲。

「喂？」接電話的是淑瑗。

是的，當然是淑瑗，那幢房子中的所有一切，都屬於她的。她的電話、她的家庭、她的丈夫……崇安猶豫片刻，提起勇氣，喚了她的名。

「哎呀！崇安」淑瑗嚷開來，微感驚詫地。

崇安緩緩靠進椅背，這聲呼喚，把她的理智叫了回來，心跳也逐漸安定。

「眞的是你，崇安！你，什麼時候回來的？我聽志廷說了，眞是……唉，你不要太難過哦。」

不要太難過，五年了，父親癱瘓以後，就沒同家人說過一句話。只有在他進醫院、出醫院的反覆折騰中，感受到彼此的關係；至於情感上的牽繫，五年前便已斷絕。近兩年，崇安以疲憊的心情作好準備；誰知道一旦噩耗傳來，竟是噬心的悲愴。

「我知道。」暗啞地回答，順手取下髮際的小白蝶，擱在茶几上。

「其實，你應該在家多呆幾天的。」淑瑗的聲音仍賠著小心。

她們是相交十年的朋友，前些年，崇安的情感與生活都不瞞她的。

「家裡也沒什麼事。而且，我，我只請了三天假。」

「都怪志廷嘛！用工作把妳綁得死死的，害得妳連約會的時間都沒有。」淑瑗提到丈夫，永遠是嬌媚、浸在蜜裡的聲調。

崇安的手指絞住彎曲的電話線，等待那陣微妙的情緒過去。聽不到反應，淑瑗心慌而歉然地：

「抱歉！我太久沒跟你聯絡了……」

「沒關係！我也好久沒聽見你的聲音了，只是，不該這麼晚打電話，吵了你們。」

「不會的。」淑瑗似乎很愉快：「志廷在洗澡，我正閒著呢！」

他在洗澡。崇安的喉頭緊了緊。

每一回，出差住在飯店，他來敲她的門，總散發著芬芳潮濕的肥皂味。吻她微笑的唇角，輕聲呢喃：「我現在很清潔。」

她用含情的眼光，細細巡梭在他寬闊的肩膀，以她自己的方式，溫柔輕拂，直到他心臟的某根神經緊繃，幾乎要斷裂，才在難忍的痛楚侵蝕下，擁她入懷。

她在他胸前闔眼，其實，她所要求的全部，不過就是這麼一份被珍愛的感覺。

然而，她永遠不能向淑瑗說：「志廷在洗澡」。他成天在她面前晃，辦公室、餐廳……她卻要假裝無視他的存在。這件事的挑戰性，已超過工作的沉重負擔。

「你是不是有事要找他？」淑瑗問。

「哦，沒有，我沒事。」

「昨天，我才爲了妳跟他吵呢！」淑瑗的話語聽不出情緒。

崇安的背脊驀地僵硬，她費了些力氣，才發出聲：

「是嗎？……爲什麼？」

「我說，你家有事，我們實在應該去祭拜的。不管是我跟你的感情；還是他跟你的關係……」

跟他的關係？是了，這就是她今夜沮喪感傷的主因吧？她曾經請求他送她回去，只在她父親靈前鞠個躬。家中親友不認識他；他也不會再出現，但，那都沒關係，她只覺得這三天迫切需要他的陪伴，那怕以短暫的三天，換取下半生的幸福。

然而，臨行之際，他究竟還是被耽擱了。冷冷旁觀，她甚至多疑的覺得，他正暗自慶幸。

「崇安，你要諒解，他實在太忙了。如果你們倆都不在，公司就要雞飛狗跳了。」

崇安不停地點頭，突然想到淑瑗看不見，才發出含糊的回答：「是呀！」

夫妻到底是夫妻。心灰意冷的感覺更清晰。

藉著勞累的理由，結束了電話。

已經十點半了，她中午只吃了一碗稀飯，下午搭上車，顛簸一路，使人頭暈反胃，無法分辨是否饑餓。

將窗戶打開，讓空氣進來。遠處的天空，綴著一彎單薄蒼白的月牙。怔忡地盯了片刻，她回神，努力振作著。拉開冰箱，上上下下看了好一會兒，伸手接觸到一瓶養樂多，遲疑著，終於還是空手關上門。

挽起頭髮，她扭轉浴盆上的水龍頭，白色的水柱直衝下來。她用手去接取，猛地將臉埋進掌中，冰冷的刺激自皮膚直穿透脊骨。

彷彿聽見電話鈴聲，在嘩啦啦的流水聲中，並不真切。崇安走出浴室，快跑兩步上前，此時此刻，誰打電話來並不重要，任何一種聲音她都企盼。

「崇安！」志廷在那頭，穩定地喚她。

「是你。」頓了頓，她用平靜的聲音開口，與心情極不配合。

「剛才，你來電話……」

「很對不起。」崇安迅速接口，覺得不堪再忍受他的任何責難。

「她在洗澡。」志廷緩慢地。

崇安坐下，閉了閉眼，像得到了赦免令。

「你有話對我說？」

「沒什麼。」

「要沒事，你不會打電話來的。」志廷的口氣很頑固。

崇安抿緊唇，不作聲。

「崇安——」

「是啊！我有事！我需要你，你現在來，你馬上來！你……你聽清楚沒有？」崇安顫抖著，朝話筒大喊，到最後一句，幾乎說不完整；只能聽見自己劇烈的喘息。

「我聽清楚了。」志廷的聲音特別深沉：

「我現在就來！」

細細的酸辛漲滿胸腔，崇安把頭靠在牆上：

「你不要理我，我只是……心情不好。」

志廷沒有說話，沉重地深吸一口氣。

「我，我好難過。」崇安哽住聲，抑制許久的淚水，終於順著面頰淌下：「你知道，我，還沒吃……晚飯。我只是，想要聽一聽你的聲音。」

她發覺自己像個孩子似的哭泣，即使在家裡，也沒能流出眼淚的。委屈鬱積太久，一經釋放，便無法遏止。

「讓我來，我要來看你。」志廷有些著慌了。

崇安抽出面紙拭淚，擤擤鼻涕，努力止住悲傷：

「不要啦！我已經、已經好了。你來幹什麼？看一個胡鬧的小孩？真的，真的不要，我哭出來就沒事了。」停了一會兒，志廷輕嘆：

「那，你吃點東西……」

「我會。」崇安的心情與聲調完全平穩，甚至帶著笑意：

「我吃完就要睡了，幾天沒好睡，好睏。」

「如果精神不好，明天就多休息，別去上班了。」

「再說吧！」崇安把話筒換了隻手，準備掛斷。

「崇安！」志廷喚了她的名，卻沒有下文。

她等著，等他慎重地：

「好好的，照顧自己。」

她立即憋住氣息，覺得酸澀的淚水，再度湧進眼眶。

# 二

崇安一踏進辦公室，便看見陳玉芬，以一種遇到救星的神情迎過來。

「副理！我，我要請你幫忙！」

桌上的花瓶換了新鮮的粉色康乃馨，花朵壯碩，似乎更能象徵寬厚的母愛。崇安聆聽玉芬焦急地敍述自己的疏忽：

「我想，這一次，總經理不會原諒我了。可是，我眞的不是故意的，我保證絕對不會再犯錯！」

這是一張稚氣尚未盡脫的美麗臉龐，皮膚光滑緊繃；眼內卻充滿無助。

「你來多久了？」

「四個月……」搧了搧睫毛，玉芬怯怯地：「零五天。」

多麼年輕啊！崇安在心底歎息。

玉芬被她的注視弄得不自在，惴惴難安地喚：

「副理！」

她回神，朝玉芬點頭，帶著鼓勵的笑容：

「要多留神。我，我去幫你說一說。」

「謝謝！謝謝！」玉芬的表情悲喜交集，幾乎就要墜下淚來。

崇安用眼神止住她的激動：

「只是幫你說說看……」

「我知道！謝謝！」玉芬交疊雙手，誠心誠意地。

玉芬走開，又被崇安叫住。

「謝謝你的花……很美。」她的聲音很溫柔。

自從面試見到玉芬，就無由地對她產生好感。可能是與自己性情相投吧？她謹慎、聰明、不聒噪，更不炫耀自身的美麗。當初，崇安堅持錄取初出校門的玉芬，便直覺地認定她有潛力。

玉芬大概也知道力薦她的人是誰，因此，對崇安總持一份敬意。她從不纏著崇安，只在桌上變換鮮花。崇安接受她的心意，在這人情薄淡的社會裡，接受的其實是溫暖的感懷。

這些年來的歷練，她看過太多「過河拆橋」或「落井下石」的例子。感覺自己柔軟敏銳的心腸，逐漸變得冷硬。

志廷聽見扣門聲，他抬頭，微笑的崇安站在門口。

崇安穿的是白底小黑點的洋裝，寬鬆的上衣與飄逸的裙襬，腰肢顯得纖細。一枝長莖的康乃馨，斜斜地擎在胸前。

志廷下意識地坐正身子，他對她的感情很複雜，而其中有一種，永遠不會改變，那就是讚賞。

她是個不斷在成長的女人，有時候會受創，但，必然可以很快恢復，重歸軌道。

「嗨！」崇安輕快地招呼，一邊將手中的卷宗交給志廷，一邊把花插進瓶子裡。

志廷的笑意堆上眼梢，緊盯著她：

「以為你不來了，昨晚睡得好嗎？」

「好。」她想也不想地回答。

其實，她輾轉一夜，黎明之前才入睡。許久沒有那樣仔細地思考自己的事，以前、現在和以後，她試圖把那些糾葛纏亂的，都理出個頭緒。

這並不是件簡單的事。

志廷看見她髮際一只象牙白的髮夾，想起她曾在電話中委屈的哭泣；與此刻亭亭站立的女子，簡直不像同一個人。他把手掌覆在她的手背上，充滿感情地：

「我很擔心你。」
「是嗎？」她抽出手，敏捷地翻開卷宗，笑笑地看著他：
「請簽名。」
他心不在焉地瀏覽了幾行，草率的簽上名字。
「小心忙中有錯啊！」崇安拿起卷宗的時候說，有著明顯的嘲諷。等待墨水乾透，才把公文夾闔上，一邊在他面前坐下。
他一直觀察她，在她坐下以後，不由得嘆了口氣：
「有你在眞好！什麼事都妥妥貼貼的。」
「其實你現在也不錯，只要不挑剔的話……」她平視著他。
他的下巴收緊了，臉上的線條突然僵硬，聲音變得平板：「陳玉芬又去向你訴苦了！」
「你犯不著這麼生氣啊！總經理！她只是一時疏忽，而且，已經設法彌補了。」
「很奇怪！你總是替她說話。」
「因爲你總是找她痲煩。」
「我找她痲煩？」志廷的身子前傾：「她已經幹了半年了，還會犯錯！」

「四個月零五天！她還在學習，你要給她機會，不要打擊她，如果她沒信心，當然作不好。」

崇安聲勢奪人，一口氣的說著。志廷垂下眼光，等她停止。他輕聲地，如同自語一般：

「只有四個月嗎？爲什麼我覺得，你已經離開很久了……」

崇安原是他的特別助理，輔佐他處理一切事務，直到她獨立作業的才能受到肯定，升任副理；才招考新人，作志廷的秘書。

突然間，崇安似乎能夠理解玉芬始終遭受排斥的原因了。

「你該記得，我剛作這些工作，也是手忙腳亂，時常犯錯的。」

「我不記得了。」志廷浮起柔和的笑意：「我只覺得，你一切都很好。」

崇安一時之間不知該如何反應，她摸索著公文夾的邊緣，思量著說一些適當的話：

「請你把她當作是我，愉快的相處，好嗎？總經理。」

志廷抬眼望向站起身的她，點了點頭：

「我會跟她好好相處，但，不能把她當作你。副理！」

他故意加重最後兩個字，有一種與她扯平的快感。不知她是否在乎，只停下腳步，轉臉對他笑笑。

她走到門邊，被他叫住：

「中午一道吃飯？」

「我吃便當。」她說：「沒時間出去吃。」

自從她冠上副理頭銜，就離他愈來愈遠，而她仍是無人可以取代的。

初遇時，他便已結婚，一切都嫌太晚。

如果有來生，她將是他唯一的、終身的摯愛。

## 三

十一月已是秋末，但，在陽光下，仍有炎熱的感覺，崇安找著路旁的郵筒，把航空信投進去。

信寄給在美國攻讀博士的弟弟崇靖。崇靖只比她小一歲，姐弟二人特別情深。一個多月前，崇靖奔喪回鄉，崇安坦誠的把自己目前處境告訴了他。

「到美國來唸書，你不是一直對兒童心理教育很感興趣嗎？」崇靖不止一次的建議她。

「是啊！那已經是好久以前的計劃了。」她回答。

「既然曾有這樣的計劃，就不要放棄！不要讓任何理由成爲阻礙。人生在世，只能走一遭。」崇靖回美國之後，在信中寫著。

但是，人生在世，並不是每個夢想都能實現的。崇安推開餐廳門，在心裡對自己說。

靠牆的角落，方熙起身，爲她拉開座椅。

「想見你一面，可眞不容易啊！」

咧開嘴，閃著一口白牙，方熙看起來總是活力無限，像是剛在球場力拚幾回合，精神健旺。

「忙呀！」崇安自然地對他抱怨：「好久都沒有悠閒地吃頓午餐了！」

「那都是咱們志廷兄的不是了！」方熙立即察覺崇安臉上一閃而過的陰鬱，他接著說：「不過，我一向不明白，你是個什麼樣的女人？」

「怎麼？」

方熙仔細打量她，然後搖搖頭：

「你怎麼可以愈忙愈漂亮呢？」

崇安作了個昏倒的誇張表情，方熙縱聲大笑。崇安管不住他；更管不住想笑的情緒。她發現自己許久不曾如此單純的開心。

「謝謝你的甜言蜜語。」她向他舉杯。

「你知道的。」他把酒杯湊到唇邊：「我是樂此不疲！」

崇安與方熙相識一年多，每次見面都愉快。方熙和志廷是同學，他們走的道路極類似，因此，始終保持著一種微妙的抗衡狀態。志廷靠穩紮穩打掙下一片江山；方熙卻出奇制勝，在兩三年的時間裡攻城掠地。

「聽說你們老董準備退休了？」方熙問。

「是嗎？」崇安低著頭，全心全意應付甜點。她已經學會，在不該表示意見時，應該保持緘默。

「那，是不是大權完全要移交到志廷手裡了？」方熙並不理會她的反應，自顧地說：「聽說志廷是他的乾兒子。」

「誰說的？眞是惡意中傷！」崇安瞪起眼睛，一看見方熙不懷好意的笑容，她立刻命令自己恢復正常。

「隨便說說，看你急成什麼樣子。如果有人罵我是投機份子，不知道你會不會看在朋友一場的份上，爲我說兩句好話啊？」

「我倒聽過更中肯的批評。」看見方熙掩不住的好奇，她眼內笑意更深：「說你是個危險份子！」

方熙頓時眉飛色舞：

「誰說的？眞是一針見血！」

「我們老董啊！他叫我們多留意你。」

「你並沒有照著他的話做呀！」

「哦？」崇安藉著口中的布丁，使言語含混：「你以爲我今天來是爲了什麼？」

「哦！」方熙一副頓時了悟的模樣：「原來是爲了刺探軍情。」

「我能有收穫嗎？」崇安靠近他，輕聲問。

「這個……」他挪得更近，可以感受到彼此的鼻息：「得看你努力的程度了。」

崇安緩緩挪回原來的位置，把面前的小碟推開，端正地坐著：

「假如我作女間諜，條件未免太差了！」

「作女間諜太大材小用了！」方熙略微沉吟：「你該來作我的合夥人。」

自從在一次商業會議上，見識了崇安的應對進退、隨機應變，他便一直想遊說她，成爲他的夥件。她的一切特質，都是他亟須的，恰可彌補他的不足。

「你大概還沒仔細考慮吧？」他追問。

「我對目前的工作很滿意。」崇安盡量婉轉的解釋：「我所追求的，就是安定！」

「可是，你不自由。」方熙斬釘截鐵的。

崇安强自抑制著心驚，將聲調沉穩下來，她反問：

「我，不自由？」

「我很了解志廷，他不太說話，可是態度很堅決。對於他所擁有的東西，都守得死緊。他會告訴想入非非的人——不准碰，那是我的——我第一次跟你說話，他就是那種眼神和表情！」

崇安的臉色在瞬間變得難看，舌頭也僵硬了。她最痛恨這種被人逮住弱點，可以恣意嘲謔的情境。但，方熙眼中並沒有幸災樂禍，只是靜靜地看著她。

他到底知道多少？她不確定。

因爲保持著直挺挺的坐姿，她感覺背部酸痛，一邊尋找比較舒適的方式；一邊思索如何對答。

「我是一個可以信任的朋友，正是你所需要的。」方熙說。

崇安凝視他，來替代懷疑的詢問。

「我結婚，又離婚了！我曾經失去不少東西，然後，又得回更多。我是個精明的人，做過很多別人不敢做的事。可是，我絕不會傷害我的朋友。」

「你的朋友多嗎？」崇安覺得自己似乎被他的話給打動了。

「很少，但是，夠了。」

「那麼，你和范志廷，是朋友嗎？」此語一出，崇安便後悔了。

她清楚地知道，在這裡，朋友或敵人，都不是永久。尤其是范志廷和方熙。

「你們老董沒教過你，商場上的人際關係……」方熙的手指交疊，放在桌上，意態悠閒地微笑。

「他沒教我，我不是他的乾女兒。」崇安捉狹地倩笑著：「不過，我很用心地在學。」

兩點鐘過後，崇安才匆匆趕回辦公室。一坐下，便問隔鄰的玫君：

「有沒有事？」

「陳玉芬找過你。」

崇安一面拿起話筒，一面取下耳環。最近，玉芬努力工作，志廷也不再抱怨了。崇安始終提著的心，這才放下。

「下個星期一，要去接岡田先生。」玉芬的聲音在話筒響起。

「接岡田？」一股怒火直燎上腦門：「那好像不是我的事！」

「是……」玉芬猶豫著：「是總經理交代的。」

猛地，崇安覺得被人狠搥一記，躲避不開。好一會兒，她才找到聲音，那聲音聽來，卻又不像自己：

「好了……沒你的事了。」

「崇安姐！」涉及私人情感時，玉芬便不自禁地這樣喚她：「你要小心！總經理的心情，好像不太好。」

「知道了。」

崇安動也不動地坐著，盯住擱在桌上的那只耳環，眼神凌厲得幾乎使它粉碎。而志廷下達的這個命令，使她感受到空前的羞辱與憤怒。

半年前，她便與那名日本商人鬧得不歡而散了。她恨他挾著契約而來，把中國女人當娼妓。

沒有人比范志廷更瞭解事實眞相，而他竟然出賣她。

當她敲門時，雙手仍不聽使喚地微顫。

辦公室中，有位設計部主任正與志廷談些什麼，一看見她，便準備離去。志廷挽留，那人看了看崇安，堅決告辭。崇安知道，這一次，無論她如何掩飾自己的情緒，都徒勞無功。

「你回來了？」志廷的臉色，是造作的和緩。

「我不去接岡田，那不是我的工作。」

崇安直接切入正題，她站立著，平時上揚的唇角，此刻緊抿，像用尺畫出的冷硬線條。

「坐！」志廷把眼光挪開，繞過來，替她把椅子扶正。

她抱住雙臂，繃緊神經：「我說完了就走。」

「我們需要好好談一談。」志廷輕觸她的背。

她幾乎跳起來逃開，臉上明顯流露出嫌惡。

「我沒時間好好談，我要說的話，已經說完了。」

志廷有受傷的挫敗，他走回自己的座位，聲調不再友善：

「你最近總是很忙，呃？應酬特別多。」

「我沒有影響工作。……我是不會去接岡田的，至於原因，我早已經說過，不管你是不是記得，我不想重複。」

「恐怕，你說的太容易了。」

「那麼，」崇安高高抬起頭：「你看著辦吧！」

志廷以出乎意外的速度攔住她，他的力量使她後退一步。

「你這種態度，都是受方熙的影響。對不對？」

聽他突然提起方熙，崇安有些詫異。

「你今天中午就是跟他約會。對不對？……不錯！很不巧，被我看見了。」

「他是我的朋友。」崇安迎視著他：「這些年，我幾乎一個朋友都沒有。我需要朋友！」

「你需要……他那種人？作朋友？」志廷惱怒地：

「你知道他是什麼樣的人？他是怎樣爬起來的？他的太太爲了要離開他，付了一大筆錢。他就是這樣一步一步爬上來的。你竟然把他當作朋友！」

崇安確曾對方熙的崛起感到興趣，而謎底果然是不美好的事實。

她不懷疑志廷的話，只是，揭開謎底的刺激，遠不及岡田事件的再度創傷。她清楚的知道，眞正能夠傷害她的，絕不會是方熙。

「交朋友，總要有選擇——」志廷繼續說。

「我是成年人，有足夠的能力處理。」崇安打斷他。

志廷注視著她，深吸一口氣：

「既然你這麼有自信，應付岡田一定沒有問題。」

轟的一聲，有什麼驀地在心臟中爆裂，那一刻，崇安以爲自己站不住了。她拚全力撐住搖搖欲墜的身軀，咬了咬牙，喘息地問：

「這是懲罰嗎？」

她的聲音反常地微弱，志廷突然心驚，發現她受創至深，面色蒼白。

「不是的，崇安！」他急著彌補：「近來情況不好，你知道的。經濟不景氣，競爭又激烈，我們不能放棄任何一個機會……」

他說的話，只化爲一種毫無意義的干擾，崇安專注的與浮在眼前的水霧抗爭，急著要看得清楚些。

好容易找著縫隙，她把臉轉向他，其實並不能看見他的表情，但，那已經不重要了。她只是要說出自己心裡的話，這話憋在胸口發疼：

「你會逼淑瑗去嗎？」一抹恍惚的笑意晃過嘴角：「當然不會。她是你的妻子，我，我到底算什麼？」

志廷伸出的手，被崇安振開，她像一陣風似的衝出去。志廷追了兩步，殘存的理智把他阻在門口。

他突然覺得恐懼，不知道怎麼會把事情弄到這般田地。辦公室內靜得駭人，崇安的怨尤依然迴盪不去……

你會逼淑瑗去嗎？

她是你的妻子。

我到底算什麼？

志廷用力閉上眼，胸腔中的痛苦太猛烈，幾乎超過他所能忍受的範圍。

## 四

崇安醒來，有段時間，對自己置身何處感覺迷惑。

對面牆上有扇窗，陽光透過紗簾，溫柔地投射。她掙扎起身，走到窗邊，掀起紗簾，便見到碧波盈眼的湖水，因風而起層層鱗波。

原來是在這裡。她喟嘆。

當年，好友依茹在這裡工作，她便常來度假。心情不好，工作壓力太大的時候，就逃到這個避難所。只是，依茹遠嫁以後，她就很少來了。

還記得，那天，悲愴的衝出辦公大樓，一回到家，電話鈴便沒命地響起。她驚跳起來，胡亂抓了些鈔票，遠遠逃離那幾乎可以刺穿耳膜的尖銳聲響。然後……然後，她來到湖邊的度假飯店，服務人員向她要了些她沒有的東西，她焦躁絕望地搖頭，覺得支撐著站立，是件絕大的負擔，渴望平躺下來，闔上雙眼。

她果然躺在一張舒適的床上，渾身痠軟，不時自噩夢中醒來，讓淚水靜靜落在枕上。

她也曾吃過一些東西，但，都是機械化的。有人送食物來，她便塞一些進去，也沒有想過，怎麼會有人送東西來？

感覺經過了幾個黃昏和夜晚，她竟什麼事也不想做。這就是將工作看作第二生命的謝崇安嗎？怎麼會，爲了一樁小事，便頹廢至此？

難道、難道，這些年來拚命工作，竟然不是爲了自己的興趣；而是……她在毯內微顫，而是，爲了成就另一個人？

將近四年的努力，只爲了成就那人；因此，一旦感覺自己被出賣，便完全崩潰了。

一千五百個日子，全是自欺欺人。

方熙說過，她不自由。是呀，一個沒有自己的人，當然不會自由。

原來，原來是這樣的。

褪下女强人的外衣，竟是如此不堪細究的事實眞相。這才是該掉淚的唯一理由；而淚水早在這個發現之前乾涸了。

敲門聲響起，她知道，又送食物來了。這一回，她有力氣查詢究竟；也該弄清楚了。

門開處，是端著托盤的吳自然。崇安怔了一會兒，才認出她，依茹的同事。

吳自然逕自走進來，先推開窗，而後笑盈盈地轉向崇安：「怎麼？我老得讓你認不出來啦？」

崇安搖頭，有種遇見親人的鬆弛感：

「原來是你。多虧你了！」

接住她遞來的咖啡，崇安道謝，爲的不只是一杯咖啡。

「你那天看起來眞可怕。連身分證都沒有，我一直不想打攪你。」自然也爲自己倒了杯咖啡：「我知道，有些痛苦，只能自己承擔。」

崇安點點頭，她問：

「幾天了？」

「第四天了。我就是要告訴你，你已經隱居四天了。什麼時候可以痊癒？」

痊癒？恐怕不是那麼容易，但，至少知道自己是爲什麼受傷的。

「總會好的。」崇安放下咖啡杯：「你好嗎？你的寶貝女兒好嗎？」

「我現在跟女兒相依爲命，她剛上幼稚園。」提起鍾愛的女兒，自然臉上浮起光采的笑意：「她長得跟我好像。」

崇安打量她，前一刻只是漂亮能幹的職業婦女；此刻又成了驕傲的母親。成爲母親，大概是成熟女人最喜悅的事吧！

「你沒再結婚？」

「不容易啊，你知道！像我現在這樣，又失敗過一次，得更小心。要把事情看得更清楚，要什麼？不要什麼？三十歲的女人，不比二十歲，犯了錯，就是無知無能了。」

崇安把頭轉開，化妝鏡中的自己憔悴而失神。三十歲的女人，不能犯錯，自然說。犯了錯，就是無知無能了。

「瞧你！」自然湊近她：「可憐兮兮的樣子，像我女兒一樣……」

「什麼呀？」崇安笑起來，抗議著：「佔我便宜。」

「眞的！」見到她笑，自然也開心：「我女兒要是丟了什麼心愛的東西，就是這副模樣。」

崇安的笑容立即凍結，自然拿走她手中的咖啡杯，愼重地問：

「你丟了心愛的東西嗎？」

「可能吧。」崇安回答的並不確定。

「休息一下，待會兒一起吃午飯，嗯？」

崇安點頭。

自然正收拾著托盤，又有人扣門。自然去開門，崇安下意識地在鏡前梳髮，此刻以後，她不能再把自己關在房裡，躲得夠長夠久了。

梳子突然停住，因爲她聽見熟悉的聲音。

「我是她的朋友。」范志廷對自然說。

「崇安！」自然讓開一些：「我在樓下等你。」

房門關上，崇安轉身，正對著緩緩走過來的志廷，胸口緊縮，他看起來似乎比她更糟。

「我以爲，這輩子，永遠找不到你了。」志廷的聲音有些哽咽，他的喉節因努力抑制激動而急速移動。

崇安不去看他，忽略他的情緒，就像他曾對她做的。她緩緩坐在床沿上：

「眞可惜，星期一的重要約會錯過了。」

她尖刻地諷刺他，可是，爲什麼她自己也覺得疼痛？

「你眞的以爲我會逼你去接岡田？我只是，只是希望你注意到……注意到我！」志廷在她身旁坐下。

崇安準備走開，志廷抓住她的手臂，迫使她面對他：

「我不知道自己怎麼會這樣做，可是，你離我愈來愈遠，我不能平衡！尤其，看見你和方熙……我幾乎——」猝然放開她，他走開幾步，停在窗邊，用力呼吸。抬起頭，他說：「我從沒想過，會這樣傷害你。」

崇安發現自己的心依然柔軟，她禁不住走向他，把手放在他背上。剛剛碰觸到他，他猛地轉身，緊緊擁抱她。

「我需要你！」他暗啞地。

他們靜靜擁抱對方，彷彿已經許久，她沒有枕在他裸露的手臂上。她的手放在他胸口，感到心臟規律的跳動。他把毯子拉高，密密地蓋住她，就像以前的每一次，他爲她做的。

而這一次，她感受到强烈的酸楚，說不出理由。

「爲什麼呢？」他俯視她，暖暖的氣息吹向她：「如果你不該屬於我，爲什麼會在這裡？」

「也許是上天對我們的考驗……」崇安慵懶地抬起手，指尖畫過他的額頭，輕巧的經過鼻樑，他截住她的手，輕握著，在唇上親吻。

「我們沒有通過這項考驗。」他低頭，吻她的眼皮，像夢囈一般：「原先，我以爲我會通過。」

崇安閉上眼。當初，的確沒能通過考驗；以後呢，當她完全認識自己，是否會有所不同？

## 五

崇安看著侍者純熟地在杯中注滿涼水，餐廳中的客人都穿著冬裝，今年的色彩偏重鮮明亮麗，該有一個繽紛的冬天吧！她想。

再回公司上班，旁人都察覺出她有些不一樣。只有她自己知道改變的緣由：她要嘗試爲自己工作，不爲任何人。

志廷始終爲她的改變而憂慮，因爲他不能瞭解。

崇安想要的是平安順利的工作，不受任何打擾。可是，接到淑瑗電話時，她知道，這點企盼也成了奢望。

「志廷總是說你忙，不讓我打擾你。」淑瑗在電話中說：「可是，我眞的想跟你聊聊，有好多話，都找不到人說。」

范志廷的兩個女人，竟然都沒有朋友？她因爲不忍，而與淑瑗訂下約會。

此刻，等待淑瑗的到來，卻又有些懊悔，隱約地覺得，將有什麼事要發生。

淑瑗推門進來時，崇安遲疑片刻，她們大概一年多沒見面，她竟然胖了這麼多。不只是胖，崇安感到徹身寒冷，因爲她整個體型都變了，厚重的外套，也遮不住隆起的腹部。

淑瑗，懷孕了。

崇安忘了招呼，忘了微笑，獃獃地看著淑瑗走到面前。她突然遲鈍起來，淑瑗龐大的身軀無法入座，她也只是盯著看。

服務生幫助淑瑗坐下。笑嘻嘻地，淑瑗看著崇安：

「怎麼了？沒見過孕婦？還是沒見過這麼醜的孕婦？」

「我太意外了！」崇安牽動嘴角，肌肉僵硬得不聽使喚。

「我以爲志廷會告訴你。」淑瑗說得淡淡地。

「沒有！」崇安被自己高昂的聲音嚇了一跳，連忙調整緊張的聲帶：「最近太忙，根本沒時間聊天。」

她懷孕了。崇安的悲哀逐漸明晰，他們是合法的夫妻，在不違道德的情況下，他們即將共同擁有一個孩子。

「幾個月了？」崇安努力讓自己表現得合情合理。

「快七個月了。」淑瑗笑著說。

就是這樣的笑容，崇安曾經在吳自然臉上見過。現在，她所面對的，不只是個朋友，是志廷唯一的妻子；更是他孩子的母親。

「明年春天出生。」淑瑗自顧地說：「志廷連名字都取好了，眞瘋狂，根本不知道是男是女呢！」

崇安陪著笑，可是，她發現叔瑗的笑極短暫。

「崇安！」淑瑗望著她：「我好擔心，我好怕……」

「別怕！醫學這麼進步。」

「不是這個。」淑瑗抓住她放在桌面的手：「你是我的朋友，也是志廷的朋友，你一定要幫我，好不好？」

崇安微微掙開淑瑗冰冷的手掌，來赴這次約會，眞的是個錯誤。

「我怎麼幫妳？」

「告訴我實情！」淑瑗堅決地。

崇安驚愕地看著她，她已經知道了，她終於知道了。要不要告訴她？該怎樣告訴她？

「這幾年，你和志廷一直都是工作上的好夥伴，他一定交代你別告訴我。可是，他在工作上遇到的困難，已經干擾了我們的生活了。」

崇安小心謹愼地分析她的話，是工作上的困難；而不是感情上的危機。崇安暗自慶幸，同時，好像又有些失望。

「最近，你和志廷常鬧意見，是不是？」淑瑗問。

崇安很覺意外，不知道她怎麼會推斷出這樣的結果。

「前一陣，你失蹤了幾天，志廷找你找得翻天覆地！最後，實在沒法子才來問我。依茹那裡，是我猜測的。我實在弄不清你們在工作上發生了什麼不愉快，但是，有一件事，是我知道的，你對他非常重要！」

望著她開闔的嘴唇，崇安只能搖頭，可是，搖頭的意義又是什麼呢？

「假如你不是我的好朋友，我會忌妒的。」

淑瑗笑著調侃。崇安知道自己的內心在瑟縮愧悔，好朋友，她怎堪承當這個稱謂？

「你們會不會和好？」淑瑗一連串地：「志廷會不會恢復？這些不愉快會不會很快過去？」

「一切都會過去的。等我走了以後……」崇安一窒，她說了什麼？這個念頭是怎麼來的？

「你要離開公司？到那裡去？」淑瑗飛快地接口，幾乎不給她留餘地。

「我，可能出國念點書，再換個工作。這麼多年，也該換個環境了。」她回答的如此流利，也許，這樣的計畫，不自覺中早已成形。

「你決定了？」淑瑗問得十分凝重，這件事意義非凡。

「我總不能，天天跟你老公吵架吧！」崇安有意轉變氣氛：「那是很痛苦的。」最後一句才是眞話。而淑瑗終於露出如釋重負的神情，點點頭，她問：

「你跟志廷說過沒有？」

「還沒，你是第一個知道的。」

「他恐怕不會讓你走的。」淑瑗眼中黯淡了一下：「你眞的是他的好幫手。」

「那可沒辦法，人生在世，只此一遭，我得爲自己想想，顧不得別人啦！」崇安用飛揚的神情語氣，掩飾眞正的情緒。

「我知道，你把最好的青春，都給了志廷……」

「什麼呀？」崇安心虛地笑出聲：「我只是按月領薪水，跟誰工作，根本沒分別。」

「四年了。」淑瑗完全忽視她的表演，執著地問：「你後不後悔？」

這個冬天特別漫長，崇安把準備出國的各項資料收好，抽屜的另一邊，是個信封，裝著辭呈。

近來，公司正在減縮人事開銷，她預料，此時離職，是最好的時機。志廷將有一場硬仗要打，而她不能給他陪伴或扶持。從此，他們將各自去面對所有的艱難與挫折。志廷馬上就要成爲父親了，這是更重的擔子，會改變他的生活內容。

曾經，他對她許過來生的諾言。

誰知道呢？連今生都掌握不了，怎麼還能寄望來世？

她該學習的，是如何安排三十歲以後的歲月；這些值得盼望的日子。

至於已經過去的，究竟是得是失，已沒有斤斤計較的必要。

你後不後悔？淑瑗這樣問過她。

她沒有回答。

四年的光陰，有太多值得記憶的理由，她只願獨享。在心靈的角落，保留一處空間，鎖住這段無悔無尤的情事。

——七十六年六月三日，大華晚報副刊

年輕出擊

民國五十一年生，台灣南投人。台大中文系夜間部畢業。現任中央日報副刊編輯。著有小說集「也是閒愁」、「閒愛孤雲」、「黑白心情」等。

# 林黛嫚

# 心閒氣定愛浮雲

◉詹玫君

## 林黛嫚的有情世界

冬天是一個最適於懷想的季節。

在氣溫下降的時刻，重攬那些漸漸走遠的的歲月裡，歡樂無憂、熱烈暢快的記憶，總令一股暖流汩汩湧自心底。

年少的日子，曾和黛嫚共度過一段相知相惜的時光。也因此，有一份特殊的情誼，堅持在後來因相隔兩地而無法常見面的心理。

五年前，同樣的冬天。猶記兩人披著深藍的呢外套，擁擠在狹窄陰暗的編輯室，一燈如豆，逐字逐句的審稿、校對。當時的校刊，因爲經費及學校當局的政策問題，給予我們極大的壓力和困難。可幸的是，黛嫚是一個天生樂觀的人，在最沉晦的時候，她仍有明亮愉悅的笑容和心境，有條不紊的來解決事情。台北多風多雨的冬季，常予天空鉛灰遲重的陰鬱，但是，那一年，一直是我心中最溫暖的回憶。

就在那個時候，黛嫚胸中，已然懷抱許多文藝創作的夢。憑著一顆聰慧敏銳的心，以其早熟的細緻，透視著四周的人情世故。從她的第一本小說「也是閒愁」到第二本小說集「閒愛孤雲」，昔日幽婉自憐的影子不復再見，取而代之的，是較深沉內斂的情感表現，和更寬廣取景的世間百態。在一個又一個的故事裡，我嘗試著去尋找曾經認識的黛嫚，希望能探索她心靈深處的眞實語言。環境時日的淬鍊，使她有了另一番的風貌，對於那些在現實生活中層階級掙扎的人們，她投以極大的關懷。相信讀者在看完所有的故事後，應該可以有相同的感受。

以下且就讀後有感，例舉個人的一些看法。

一、「灰姑娘」式的女主角，在平實中帶有較大的說服力。在「閒愛孤雲」一書中，黛嫚所安排的女主角，多半是掙扎在都市生活，中下階層的一些平凡人物，少見驚世絕艷的女子。如「敏敏的婚事」中敏敏即爲一小公司職員，「陷落」中的三流小作家，「一個人的事」中的凱宜——四人公司中的小職員，和「無岸」中的瑾芸——勝隆的小會計。她們沒有驚人的外貌、柔荏馴和是她們共同的特徵。在都市的物資世界裡，她們沒有可恃的背景，只能圈囿在平淡無奇的生活樊籠裡。但是，另一方面，在她們內心深處，對愛惡情仇的感受與需求，卻是熱烈的。對於感情，她們依然描摩著綺麗的遠景，存有浪漫唯美的夢想。但是，環境中所提供的那些短暫而實利的愛情，常常只是匆匆過境的雲煙。在現實條件的擠壓之下，她們往往在一番困獸之鬥後，便敗陣下來，只得重新接受原來所擁有的一切。不論是無可奈何的妥協，或是如「敏敏的婚事」中，最後的圓滿結果，她們都極不易跳脫得出已設的格局。

在這幾篇小說裡，這樣一羣被賦予血肉的人物，以最平實眞切的經歷，上演著一齣齣淒楚感人的世間百態。黛嫚細緻精巧的塑造她們，使得那些層出的故事，更具說服力。

二、理想與現實交戰下感情的歸向。

「老闆娘的一天」中，麗娘對阿欽的戀慕，「一個人的事」中凱宜對徐世彥的矛盾情結，以及「離魂記」中育卉和嚴意平的婚久情，都眞實的暴露了今天社會中，道德標準下降和靈慾衝突升高的問題。「離魂記」中，育卉對鏡子裡的自己說：「對，我和他發生關係，你知道，這個時代對貞操已經不很重視，我們已經很好了，他因爲想到還有那麼外才能做夫妻，我又出社會了，面對複雜的世界……他，並不想綁住我，只是太愛我，我也愛他，不……不忍心拒絕。」當她在說這些話時，已經是徘徊於兩份情感之間了。因無法在平淡一式的婚姻生活中，尋到理想的浪漫情愛，轉而寄情於周遭適時介入的另一次追逐，在愛惡糾葛的痛苦中，終至受創。綜觀而言，這些徬徨於取捨的女子，大都本性善良、柔荏溫馴，但是，在她們內心深處，潛藏著對愛情熱烈的渴求，卻是無法去除的。「一個人的事」中的凱宜，「老闆娘的一天」中的麗娘，和「離魂記」中的育卉，最後都從歧路上，回歸到最初擁有的那一份平淡卻眞實可靠的情感。不論她們說服自己接受的理由爲何，總是一種自我掙扎後的決斷。

在這一系列的故事當中，同時呈現出來了另一個讓人擔憂的社會問題，那就是「對婚姻的恐懼。」

事實上，自古以來，一夫一妻的婚姻制度，在穩定平衡之外，同時也產生另一種問題，即重複單調的婚姻關係。甜蜜新鮮的感覺，在雙方建立固定關係之後，日復一日的失去了原有的吸引力，厭煩和疲倦的情緒一點一點的滲透進來。如果，恰巧有另一種迷人的誘惑出現，攻破了搖搖欲墜的心理防線，許多恩怨便由此而生了。在這幾個故事裡的女子，都是時下所謂「上班族」，工作環境中的異性接觸，更催化了這一類事件的發生，其中，「離魂記」中的育卉，和「一個人的事」中的凱宜，情況較爲類似，而「始終」裡的男主角「德」是另外一個對婚姻厭倦的例子。黛嫚在文中寫道：「德在的時候，偶爾情緒好，會在琴煮飯的時候，在後院逗孩子。……但慢慢的，孩子們纏德，總被他喝開，小孩沒心機，三個人也玩得嘻嘻哈哈，不在乎碰這個釘子。德便站在草地邊緣望著天空，手交疊胸前，眉頭重鎖，在一大塊空曠中，渲染他的憂鬱……」做為他的妻子的琴，對於丈夫這樣悶悶不樂的模樣，除了擔憂，實在想不出有什麼辦法可以化解。後來，這位對婚姻心灰意懶的先生終於離開了這個家，留下一個完全不明白為什麼遭遺棄的女人，和三個渾然不知人事的小孩。這樣的事件，很難評斷得出，誰發生了錯誤。只能歸之於無可奈何的人類心態。

黛嫚在這一部分心境的描寫中，有其獨特的幽怨細緻。在平易的文字中，勾勒出深刻的人物心理，是值得讚賞的佳作。

最後，一如何寄澎先生在這本書的序文中所指出的，或許，在語言的運用上，黛嫚要多下點功夫揣摩，語言的運用如果能再加靈活，使每一個人物都能將其特徵形貌强化，定能使故事本身增色不少。這是一項需要時間和苦心來投資的要求。黛嫚有深厚的文學基礎，相信必能克服這些技巧上的問題，更上一層樓。

以前夢想中的一切，如今黛嫚正一步一步走向前去。時間的確雕琢了她。除了關懷、入世的心境，還有更見精緻的外表。生活在台北這個大都會裡，讓她可以清楚的掌握潮流的脈動，也提供她在近距離中，仔細的觀察人生百態，以她靈透慧黠的心，和辛勤耕耘的態度，假以時日的磨鍊，一定可以有更好的成績出現，文學創作的路是艱辛寂寞的，但願黛嫚能一直都保有她善良易感的特質，眞切的擁抱人生，並以她清麗的文筆，揮灑出一片動人的有情世界。

——七十七年八月，文訊卅四期

〈林黛嫚作品〉

# 最後一夜

**那些年，她對他十分不容情，**
**好似在她尊貴的年輕身分下，**
**他不過是本低俗的小說，**
**誰也沒有勁兒去翻閱。**

## 1

他肥胖的身軀塞在一把藤椅裡。玲玲騎著腳踏車從他跟前過，那細瘦的椅腳發出吱啞的聲音，微微顫抖好似向人乞憐，瑄瑄便笑著口裡嘟囔一句，風把她的話飄遠了，但玲玲知道她說什麼，「妳瞧那溢在椅子外邊的肥肉」，這眞是一副驚心的景象。

玲玲識得他很久了。最先是大姊要買參考書時帶著她，大姊在一整面國中參考書的牆前站定，就投入英文數學各種不同的「戰鬥」裡。玲玲在這小而擁擠的書店裡逡繞了好幾圈，她是個好新鮮的人，這店裡，書是一樣東西，筆、簿子是一樣東西，餘下桌櫥是一樣東西，之外再無任何新奇物事，只消一忽忽，她便失了興致。這時一陣呵呵的笑聲引得她仰頭，他的容貌首度進入她的世界。方形的大臉，肥肉橫堆，笑起來就像一圈圈的波紋從嘴角擴散，下巴的肌肉在臉上堆不住了，垮垮地垂下寸許，大熱天他卻一件白襯衫上打緊領帶，西裝褲眞是驚人的大，兩條褲管恰恰可裝兩個她，這樣的人饒是他臉容是笑的，手裡且兜著一把糖，她仍然嚇得蜷縮在大姊身後。大姊拍拍她要她叫伯伯，她彆扭半天，細細的擠出「伯伯」兩個字，便趁著他一陣呵笑溜走了。那天夜裡作了惡夢，一頭獅子狗迎面攔住，一張血盆大口便敞開在她臉前，驚起她一身大汗。

然後是二姊要買參考書時帶著她。她長了幾歲，見了他大大方方叫伯伯，樂得他笑個不停，依舊是呵呵嘿嘿的笑聲撒得滿屋子都是，使得原本冷清的門面多了些熱鬧。他沒有要拿糖出來的意思，但她心裡想，如果他拿出糖來，要客氣地說聲「不，謝謝」，她以為自己已經不是吃糖的年紀了，但他沒有，只用杯子盛了杯走氣的汽水，姊姊喝一半，玲玲喝一半。他比以前瘦了一些，仍然胖，好似只去掉了那些強健的肌肉，餘下些鬆垮垮的附在骨頭上，且是不規則的。於是那頭凶狠的獅子狗，就在她腦海裡淡化成一頭癩痢狗。這次她沒有作惡夢，一條癩痢狗是嚇不倒人的，只讓人嫌。

那些時，玲玲只在假日或開學前後，到他店裡轉轉，採辦了需要的東西就走，幾次他搖擺著身軀在後頭喚她：「玲玲，喝杯汽水再走嘛。」她一句「下回啦」便擋了回去，頭都可以不用回。倒是姊妹們在家裡談論他的時候多些。大姊總是忠實地報導他的書店從那兒搬到那兒了，好讓她的妹妹們可以買到打折的文具。而二姊一字不漏地把他絮絮叨叨的家鄉瑣事轉述一次。縱然她只偶爾到他店裡去，但這個人卻已熟悉得像家裡貼了多年的古畫，著墨的丹青早已不復原有的色澤，宣紙也在白的底色上襯一層焦黃，然而那一纖一維都是她知悉的。

## 2

上高中後，她一天要騎著腳踏車經過他店裡兩回。早上六點多的光景，店的鐵門一葉掀開。店裡的日光燈和清晨的薄光一般熹微，她只能看見一個隱約的身子在店裡拾掇，一堆堆散落的書，經他緩慢的移動，終也能回到原來的位置。見玲玲騎過，他趕出店門，與沖沖地向她道早。她回眼招呼，見他整個身子阻在那葉門裡，竟是一絲晨光也無法侵入屋內，止不住一串清脆的嘻笑聲就從她嘴裡流出來，但他以爲那是善意的愉悅，滿足地踱回屋內，這一天就更加有勁了。

傍晚時分，瑄瑄和她一道，她們在鐵馬上嚼舌，待見到書店近了，很自然地住了口，專心等待那藤椅子倚躺的人進入視野，他雖老昏，眼卻不花，隔著架在鼻樑上的近視眼鏡瞥見兩個綠衣黑裙的人騎近了，便撐著要立起身來，藤椅經他這麼一撐，劇烈地搖晃起來，單薄的椅腳跟著吱嘰地抗議，他自然無能立起身，只在椅上歉疚而疲倦地跟她揮一揮手，然後不待她還禮，忙不迭地恢復原有的躺姿，一逕是哈巴狗那種搖尾乞憐的模樣，瑄瑄那個口頭禪就是在這個時刻迸出。

那些年，她對他十分不容情，好似在她尊貴的年輕身分之下，他不過是本低俗的小說，誰也沒有勁兒去翻閱。

聯考結束之後，她突然跌落在一種失貞的虛空感中，脫掉苦讀的包袱，就似脫去了外衣，尚沒有合適的衣服可加，這般赤裸的打扮是不能站在人前的，於是她反而比從前更怯於出門了，在家中無聊地晃前晃後，如個孤魂野鬼的遊蕩，只不過是大白天裡，且在這狹窄的空間活動。

二姊建議她到他書店裡找些書看，玲玲確實度怕了這種炎炎長夏的感覺，比較起來，那個胖子還可親些。

勉強自己把這種嫌惡感隱藏，她甜甜地叫了一聲伯伯。他人坐在櫃臺後，一落落的書及文具遮掩了大半的臉，但那開心的笑聲極其強烈，她甚至感覺到面前的書受到聲波震盪而微微搖晃。領受到如此誠摯的歡迎倒讓玲玲爲前些年的故意躲避感到羞赧，便重新眞心地給他一個甜笑。

這是他三度搬移之後的店面，略嫌深的狹長形，兩邊書櫃依牆而立，中間一條玻璃櫥分隔，餘下的路面兩人側身都嫌擁擠，他肥大的身軀在其間穿越定是十分吃力，無怪乎二姊說店裡常丟東西，他這般老邁，要掌穩一爿店實在不容易，她翻開手裡的書，對櫃臺後的他再做一瞥，這時濃重的同情心湧塞心頭，但只是一刹那，她隨即投入李伯的大夢中，自顧看起自己的書來了。

到他店裡成了一種習慣，有時他出去辦事，她便幫忙照看店，中午他燒一頓道地的家鄉味招待她。在廚房裡，也許是一人獨自生活慣了，他倒是十分俐落，三兩下就炒好一道菜。中午時分生意清淡，他們就著櫃臺吃將起來。他需要烈酒下飯，一瓶五加皮或是竹葉青只吃得一餐飯，而她撳開電視自看自的。他酒一入口，話匣子便開，喋喋地敍說留在大陸的妻子、女兒。家鄉那一片連綿的麥田，高及人脅的玉米田，走到那兒人叫一聲鄉長的風光，他都一一搬來賣弄。雖然這些都是只能用回憶的口吻來敍說，他卻一味地加入些希望的字眼，好叫玲玲體味到這是他生命的一部分，說得多了，她連每一個停頓都倒背如流，便不需花精神去聆聽，心思專注在電視上，得空才「嗯哼」地應和兩句。但這般沉靜的模樣遂叫這好說者樂此不疲。天天興沖沖地張羅這頓午餐，有時她因故不能留下來，他那一張老臉頓時失了顏色，看了讓人著實不忍。那一陣子她有時想起來，總覺得不該讓他寄託太多希望在她身上，畢竟失望對一個老人來說是種很殘忍的情緒。

## 3

然而她卻使他陷得更深。

這時的她已不再獅子狗、癩痢狗、哈巴狗地亂貶他，甚至「肥肉溢出來」之類的話也不再提，連心裡想著都恭敬地喊伯伯。她吃過早飯就來，他總是親熱地拉著玲玲的手，引進店裡，有時還忘形的在她手上輕輕地吻一下，她以爲他是太寂寞了，驟然見到個人來伴他了，總不免興奮過頭，她不在意，反而很自然地當那是他們打招呼的方式。

直到有一天，她在廚房收拾東西，他從後頭抱住她，玲玲驚駭之下，本能地推拒，他抱得更緊，嘴巴湊在耳邊低低的說：「玲玲，別害怕，伯伯不會害妳的。」這麼一句帶點夢囈的話從他嘴裡模糊地說出，但她聽得清清楚楚。她安靜下來了，呆呆地站著，任他擁抱、撫摸，心裡頭茫茫然，好似倦極了，正在床上躺下的那一刹那，腦子裡什麼都沒有。過了一會兒，他放開她，玲玲緩緩轉過身來，看見他肥皺皺的臉頰上兩片緋紅，竟有那種初情的羞澀。然後他勉强笑了一笑，在她手心上重握一下就出去了。她知道那一下重握是個承諾，她不自禁流露出殘忍的一笑，手臂上尚有麻麻的感覺，心頭卻很清醒地咒罵道：「癩蛤蟆。」

兩個人好像什麼事都沒發生過，但那拉手、摟肩的動作就那般正常起來，自此以後，他便成了她的俘虜。

她比以前來得不勤了，有時得他好幾通電話去催，他又不好在電話裡說什麼，只說：「叫玲玲來玩啊！」那一聲有很明顯的乞求味道，大姊沒聽出來，忠實地轉告玲玲「他要妳去玩」。跟以前都一樣啊，就是打電話的次數多些，旁人都沒留意，但她敏感地以爲全世界都在看她，只得去一趟。到了店裡也不搭理他，捧著一本書，就著牆角窩一天，她並不圖他什麼，沒由來給他白佔便宜，玲玲一心一意要像貓逗老鼠，在手掌玩弄許久方才一口咬死。他三番兩次來探問：「妳怎麼了，那兒不舒服？」臉上漲滿了焦急，這麼大把年紀的人自然不了解她這年輕的心思。問多了，他也有些氣。

玲玲倒懂分寸，臉板久了曉得鬆一鬆，讓那甜而柔的笑臉來提醒他，「這不就是你渴望的嗎？」一見到她笑了，那些氣一股腦兒給拋丟，他又忙著整治午餐，不時還得出來招呼客人，瞧他肥胖的身軀前後奔走著，她得意極了，他是在爲她忙碌啊，她怎能不得意？一個懶腰伸出，揮落了一疊書，她歉疚而叫人憐惜的笑臉一擺，他還不是得巴巴地趕去撿拾，但他是心甘情願的。

暑假末期，爲上大學的事忙碌之餘，她時常一個人在窗前呆坐，但她一向是沉靜而不需人操心，坐久了玲玲自己也知道不會有人來關問她，二姊從身邊過，她突然問了一句：「姊，他會對你毛手毛腳嗎？」話出口才覺得太露痕跡，趕忙補一句：「我的意思是他有時候會拉人家的手。」且一副妹妹在姊姊跟前的天眞模樣。二姊想了一想：「有一次他碰了我一下，我板起臉撥開他，以後他並沒有特別的舉動，妳要是不喜歡，以後就少去嘛。」話裡沒有特別關心，也沒有特別不關心，雖然這是玲玲最滿意的反應，但她想到，要她走進他的世界的是二姊，現在又這麼兩句話要她輕易退出，玲玲心裡埋怨二姊也譴責自己，說起來，她也是心甘情願。

和瑄瑄雖是無話不說，這事她覺得明言不得，拐了大彎編個故事探詢她的看法。瑄瑄心直口快馬上說：「她活該。」這話像一把劍狠狠刺進她心裡，玲玲可不願就此被判定死刑，她自己拔出劍，且反咬一口：「女人總是無辜的。」二姊和瑄瑄的話，縱使她聽不入耳，卻也提不起勁再去應付他。旁的不說，對一切事情逆來順受，倒是她眞實的個性。

到臺北那天，他大清早起來幫她排隊買車票，臨上車前塞了一把錢給她零花，麵包飲料裝了一大袋，她還直嚷：「這麼多吃不完，我不要。」外人瞧起來，眞覺得這個伯伯可疼姪女喔，但玲玲心裡明白，這就是報酬。

逢著假日，她會到他那兒去，玲玲實在厭極了到這店裡，長方形的店像座囚籠，每來一次，便覺得多加了一重鎖，逃離的希望又減了一重。雖然他只是摟摟她就滿足了，從不敢有另外的要求，但被那肥軟的手臂勒住的那種黏搭搭的感覺好似滲進皮膚裡，怎麼搓也搓洗不掉。加上他用那種看妻子的眼光瞧她，讓她覺得當這種貨色的獵物太不值，這些總一次次地惹起她翻胃的噁心。然而禁不起他的糾纏及一種莫名的虛榮情緒所致，她仍然來了。

她把飯菜擺好，玲玲望著滿桌精緻的菜餚，忽然一種深覺委屈的情緒包圍了她，眼淚簌簌地掉下來，他被她眼淚滴得心慌，一向她都是靜靜的很少話的，他從來也不曉得她心裡在想什麼，只知道她對任何事都沒意見，問她要什麼總是搖頭，他只能斟酌著給她，現在這突來的眼淚滴在飯菜裡，他一會兒想去拿條手帕，一會兒想把菜挪遠些，但終是不敢動，倒是她自己止住了淚。

「你知道我來你這兒，別人怎麼想嗎？」說著說著淚又下來了。這眼淚一半是眞的，她想到他第一次摟她，那時不曉得傷心，這時一併哭回來；一半是裝的，她想把這件事好好了結，畢竟她上大學了，有正常的社交圈子，確實也怕人說閒說，好歹要他說個交代。「我一個女孩子家，好怕人家笑我。」一逕是可憐兮兮的模樣，這和一向的她是一致的，比起內心的她可差遠了，她是那種自有主意卻看起來沒什麼計較的人。

他把身軀往後一靠，無意識地左右旋轉椅子，躺椅的旋樞也跟著吱吱嘰嘰，此時店內就只有這個單調的吱嘰聲，以及遠處國中生在籃球場呼呼的拍球聲。她爲他點了一根菸送到嘴裡，他吸了幾口就按熄了。

「我收妳當乾女兒，這店過繼到妳名下，我走了都給妳，旁人也沒得說什麼，反正辛苦大半輩子，無非巴望帶回家去，眼看是不可能了。」

他這麼慷慨，倒出乎玲玲意料，她並不圖這麼多，一下子天外飛來這般好運，她反而遲疑起來，說不定他在動什麼歪腦筋，認了乾女兒，做什麼事都便利，眞的是「旁人也沒得說什麼」，這是往壞的一面想。她做事都求面面顧到，何況這是切身利害的事，其中的關節不得不思慮淸楚。然而心裡面又有些惻隱之情，也許他對她是眞心的，自己這般對他，居然他一絲芥蒂都沒有，半輩子的積蓄且憑了一句話就交託給她。玲玲這般思前想後，竟忘了他還在跟前，倒自顧自忘形地計較。

## 4

他也有些心事，菸又燃起，以機械的動作噴吐，吸得急了，前煙尚未化去，後煙又逼進，他二人周遭一片煙濛濛的，兩人就陷在其中糾理不淸，一個學生進來要買參考書，被煙嗆著了猛咳一陣，方將二人喚醒，他起身去拿參考書，擱在架上他得踮起腳尖，兩條長在身軀下嫌細瘦的腿，因著這般使勁不停的抖動。學生去遠了，他仍然留在原地，手扶在膝頭，在等待這陣抖動過去，這時他鬢邊兩叢白髮就那麼搶眼地替代了他龐大的身軀，她眼裡只剩下那些白髮代表的蒼老。

他的老邁稍稍提醒玲玲較人性的一面。她做了決定，也許下一秒鐘就要爲這時做的決定後悔，至少這一剎那她是善良的。「伯伯，那倒顯得我圖您什麼，旁人更要說話了，只要我們心裡有這樣的尊卑在也就夠了，以後我會像女兒般侍奉您的。」這話說得冠冕堂皇，連她都想為自己喝采，只是他或她能做到嗎？玲玲在心裡搖頭，誰都不敢說呵。這件事卻也這般說定，想到自己一句話就推掉了到手的財富，她不禁也有些懊喪。

他卻是仔細地替她想過，就算玲玲家裡不說什麼，街坊鄰居見她非親非故這般勤來，也會覺得奇怪。因此他有意地為她湊合。

那人生得眉清目秀，一副高䠷的身材，更顯得身邊的他又老又蠢拙。這位張先生玲玲沒得挑的，一表人才，學識相當，家世清白。他待她眞不薄，但玲玲對這位張先生卻沒意思，想到他是為了使口中的這塊肉名正言順而耗費心思，她就無法勉强自己去正視這人的一切優點，加上他看起來和她是一類人，溫文寡言，卻有一種洞悉一切的神情，玲玲怕他，尤其心裡又不安寧的時刻。

由於玲玲並不認眞地反對這個人，兩人就這般交往下來，假日去郊外走走，鬧市裡看看電影，看起來就像對正在交往中的男女。他們很少說話，在一起倒是沉默對視的時候多些，因此除了家庭背景、工作狀況略知一二外，她對這個人一點也不了解，好在她也不去求了解，他不過是他找的一個年輕的替身，她並不需要把替身捏在手裡。但他的模樣很討人歡心，玲玲因而很眞心地在敷衍這件事。看在他眼裡，以為自己成功了，便知道玲玲即將從他的生命裏消失，惆悵的感覺就在這當口侵襲過來，往日支持他使勁地過日子的動力消失了，他忽然間百病叢生。

## 5

他電話也打了，信也寫了，甚至託張先生告訴她，那些突發的毛病正折磨著他。她寫了許多慰問的信去，人卻不來一次。玲玲在認識了張先生之後，就下定決心不再見他，她把張先生當成鑰匙，打開那座囚籠的門，自己逃了出來，卻把他一人鎖在裡頭。有次他去信玲玲暗示生日將屆，她有忘記那個日子，當他一人獨對滿桌的菜餚及一副孤單的碗筷時，他終於相信，那段光彩鮮亮的日子已經過完了。

玲玲一人在北部消遙自在地活著，有時和張先生出去玩玩。久而久之她對這個替身認眞起來，唯一困擾的是這個介紹人時刻在提醒她，她曾有過冠冕堂皇的允諾，好似他陰魂不散地阻在兩人中間，那呵呵的笑聲便終日縈繞耳際，她對他因此由嫌惡轉爲怨恨，但當張先生帶來他的死訊，這一點恨意就變得微不足道了。

先是聽說他因腦溢血住進榮總。那一陣子她因爲學校期末考，正啃書啃得昏天黑地，一點也沒有多餘的心思去想他住院這回事，一個月後，張先生告訴她，他明天出殯。這時她才意識到住院、死亡都是眞的，最先的念頭就是懊恨這一個月未抽空去看他，徒然背負了個不義的罪名。繼而思想到眼前這個人目光裡可有譴責？她偸望了一眼，也不知是瞧得不夠仔細，或是原本他就無意譴責，她竟無由知悉他對這件事的看法。對於要連夜趕到臺中，玲玲有些懶怠，礙於眼前這個人，卻也不得不提起精神擺出一副悲傷且愧疚的模樣。

他雖然瘦削多了，仍比常人龐大的身軀，緊緊地嵌在薄薄的棺木裡，活著的人誰也不肯爲這個死人多耗費一分錢財，因而這棺木及這出殯的排場是這般寒傖。但她由於推卻當他唯一的親人，這一切也無由干涉。他的遺像掛在一長階擺滿鮮果的梯子上面，這階長得倒好像要到達那頂上是件艱難的事，又怎知生與死其實只是一瞬間。像裡的他摘掉了眼鏡，看起來目光濛濛的，她想他若有知定然抗議，如此他不能看清楚玲玲悲戚的模樣，在陰間也就無從想念起了。這念頭卻使玲玲心安，至少她這不耐煩的心思，不會暴露在他眼底。

在喪樂嗚嗚地結束後，玲玲率先離開靈堂，跨出門口後，也許因爲認識他的這段日子畢竟太長了，她不由得又回眼一望，棺木已闔上，他臃腫的身軀已掩沒在棺蓋下，倒是那張遺像嘴角噙著笑目送她，且似有一串呵呵地笑聲老遠地送進她耳裡。玲玲心裡清楚而堅決地道了一聲再見，便頭也不回地離去了。

他的最後一段到底是給誰糟蹋了？他還是她？這個問題不需要她回答。依玲玲的個性是不必花太多時間去忘記他，他生命中最重要的一段，在玲玲說也不過是換件衣服的幾分鐘。她和張先生還有好長的路要走呢！

——七十五年八月，希代書版公司，「也是閒愁」

年輕出擊

民國五十三年生，山東省人。東海大學中文系畢業，現任中央日報中學國語文版主編。著有小說集「風箏上的日子」、「薄荷心事」、「我的溫柔你不懂」、「寂寞剛剛上市」等；散文集「我以爲有愛」、「我把憂傷藏在口袋裡」。

**楊　明**

# 陽光下的薄荷心事

## 讀楊明三個階段

◉劉洪順

楊明應該是一朵花的名字，最起碼該列入植物門，蒲柳之姿，暖春吐花、三月狂絮滿天飛的那種。

然而遊倦歸來，無心在二十世紀文學後院插柳成蔭的楊明，卻被推許為帶著青春上街揮霍的紅唇族，這是個意外還是笑話？我們且問問楊明：

### 一、風箏上的日子

小學時代的楊明，抓起筆來似乎少了一根筋，作文成績常拿乙等；老師把媽媽請到學校：「怎麼會呢？這孩子！」唸國中時理化成績呱呱叫，不由得楊明不興起「將來要成爲科學家」之類的遠大志向。

高一時，她報名參加青年寫作協會，風光地當上監事，忙的卻是與創作無關的「文藝活動」。寒假中又到文藝營湊一腳，學習編採實務。高二編校刊，身兼軍樂隊鼓手，白天在教室裡不聽課，書桌下卻藏著一本本高深的哲理書，放學後一陣風地趕回家補家教。

也有思緒翻騰的時候，凌晨三、四點，她的房中燈火燦爛，沏茶、聽音樂、讀書，正玩得興高采烈，媽媽從門縫中丟進一句：神經病！

而在楊明認爲：這才是生活。

大二，她在台灣日報發表了第一篇小說「遣情」，文學的路總算有了起點。她的第一本集子「風箏上的日子」，大致在這段時期便已定稿。

「我只是害怕活在框架裡，害怕在固定的時間依著固定的路線延續我一成不變的生活，陷身課堂，至少我筆下的思想是自由的……」（「只緣年少」）

瀏覽她的第一本書，除了「婚禮」、「蘋花已老」場景不在校園外，其他清一色全是發生在八〇年代的校園愛情事件。因爲年輕，「……撇開青梅，她不愛那種甜脆，像盼望長大的青澀歲月，只能留著回味，誰也不懂得珍惜，懂得了，便不再年輕……」

（「微風吹過」）

故事中的男女主角，總是各懷心思，形成捉迷藏的多角關係：「他第一次覺得女人的頸子原來這麼性感，含蓄而又引逗。身旁的陳瑜卻完全沒有感染到他的心情，而陷入自己的冥想中。」（「失去仙人掌的夏天」）；「她想，表哥是眞的愛表嫂，連那種言不由衷的後悔，說出來都讓人心安。」（「婚禮」）；「他愛齊敏，當然可以讓她，她卻總與他賭氣，弄不清她眞正的心思，想什麼也不告訴他，兩個人分明是近的，無端又拉出一段距離。」（「風之花」）

這個時期，楊明的戀愛哲學是：「困難不在相聚，而在分離。」（「圓月有恨」）；「……原來那些年輕的夢想和生活比起來，是這樣的微不足道。」（「風箏上的日子」）；「幾次戀愛，岱青都沒有刻骨的傷心，只是緣份盡了，自然就散了。」（同前）

十一篇小說中，感情最濃烈的要算「風之花」，這是自傳性頗強的一篇小說。故事從住校、辯論、約會、摘風車、相思到祭亡靈，每一頁都駐著一個男子的鬼魂：「當初是她先喜歡他的，後來也是她先負他的。」命運不可解，愛情如同風中之花；在這裡，我們見到一個女子走入山中、站在二十世紀的陽光下，尋找傳說中的風之花……原有的傷痛，也被文字的鮮花一一安葬了：「康平這回是眞的可以重新開始了，新的一世裡頭完全沒有她……她能給康平的，或者也只有一個女孩的十八歲和她最初的戀情。」

而書中最發人深省的，恐怕還是「風箏上的日子」結尾那一段：「風箏雖然給線拴住了，但是它能飛也就端賴那繫住它的線……過去的日子多像風箏上的歲月，她爲了更多的未來剪斷那條線，卻也失去了那風箏……」

## 二、薄荷心事

風箏歲月的楊明，文字清淺含蓄，像一包剛溫暖的柴火，見不到火星與烈焰。到了第二本集子「薄荷心事」出版，令人眼睛一亮：楊明開始轉變了！

七個短篇裡，她最鍾愛的是「本命」，描寫一個女孩在二十三歲的除夕夜裡，遇到昔日青梅竹馬的玩伴，快要論及婚嫁，因爲另一個女子的介入而導致分手，最後男的患上骨癌死在美國，女的改嫁，結婚前一夜裡才得知斯人已逝的消息。文長二萬餘字，是她最長的一篇小說。眞情埋伏在平淡的字行間，讀了二、三遍，那股微冷的幽香才襲上心頭：

「她斜睨著安弼，安弼沒發覺，逕自從酒精燈上提起沸騰了的水壺，在她杯裡添了熱水，梁蓉看著，突然爲這份平和深深感動……」（「本命」）

「她想起除夕在陽台上看菊花，就是那天，把安弼看進了她的生命。」（同前）

但是眞正擺脫說故事心態，思考範圍由身旁瑣事擴及整個社會舞台的，還是那幾篇以都市生活作背景，探討人性在權力、慾望面前的扭曲與變形的故事：

「模型中的生活安靜而且葱鬱，整齊的草坪、繁茂的行道樹，都市中的人總是需要多一些的想像力。不知道現代生活剝掉包裝，還能不能過下去……」（「美麗新世界」）

「有人肯爲了一份不過藉以餬口的薪金，便不要自己的尊嚴。日光燈下，暗灰的磨石子地上有隻蟑螂，正用它的觸鬚探路，似乎一時無法決定去向……」（「在雲與路之間」）

無奈與自我調侃，讀來令人莞爾：「編輯換稿如女人換衣，沒什麼好說，明白了就是。」（同前）；「進電影院時，仍是天光大好，散場後卻已然兩樣人生。」（同前）；「不動聲色成了脊椎反應，……人總是辛苦地維持自己不要失態。」（同前）；「說不定她也該拿自己的八字去排排，看看是不是犯小人。」（同前）

楊明畢業後第一份工作是雜誌編輯，七十六年進入台灣日報副刊，做的雖也是熟悉的文字工作，在她心中，仍是不甘的：「安琪突然感到莫名的悲哀，恍如看見自己的未來，一輩子坐在編輯台上，約稿看稿、畫版樣，沒爲自己留下一點餘地。」（同前）如此不著痕跡的隱喻，稍一疏忽便又錯過：「克銘的沙已堆至腰際，安琪不管，伸手便拉起克銘，兩個人逐著浪奔跑驚叫……這世界無時無刻不在吞噬我們。」（同前）

不懂得隨遇而安的楊明，薄荷心事掂在掌中，竟是沉沉的愁。

## 三、在陽光下道別

七十七年三月離開台灣日報後，楊明在台北晃盪了將近一年，這段期間，她幫「文訊」作一些採訪，不久又玩心大動，想去美國旅行，簽證不通過，理由是「職業狀況不詳」。辦理證件的外國職員問她在台灣從事什麼工作？「作家。」對方大夢初醒：「哦，但寫作是一份不正當的工作啊！」後來她靈機一動：「到日本走走也好！」沒料到大腿摔傷，骨折返家療養，變成了「錄影帶族羣」，情緒一度跌到谷底。

十月份，她又生龍活虎的出現在台北，勤寫極短篇，替「文訊」、「明道文藝」跑採訪，搬到永和與哥哥住，拿稿費過活，朋友笑她是「零用錢作家」，日子過得倒也愜意！

直到今年二月楊明進入自由副刊，短短一年中，她的小說創作在質與量上，都達到巔峯狀態。「在陽光下道別」收集了三十二個極短篇，分爲六卷：「人間世」裡的「他們說有鬼」，用高度的喜劇手法，處理一段建設公司欲買屋、卻放出鬧鬼的疑雲事件，諷刺房東的剝削嘴臉、無殼蝸牛的杞人憂天，都恰到好處。

「我被綁架了」則以「反新聞」角度，幽學童綁架案件一默，一樁無中生有的綁架鬧劇，背後存在著嚴肅的主題。

以往平舖直述式的情節發展，是楊明小說中慣見的，在「社會新聞」中，我們見到她開始懂得運用甲、乙、丙、丁鄰居的證詞、地方新聞來堆陳出一個女子離奇死亡事件的片段眞相，懸疑效果一路推到末段車站旅客留言板上的文字，才正式揭開謎團。而作者在答案中仍保留謎點，故事卻戛然而止，耐人尋味。

楊明不是喜歡刻意營造故事情節的人，她的小說題材，十之八九全是從身旁聽來、發生在生活裡的眞實故事，因此對白的嬉笑怒罵，可視爲她個人在觀點、看法上的轉變。

楊明自詡是活在現實中的平凡女子，沒有宗教信仰、政治立場，創作永遠第一、愛情第二，喜歡「紅樓夢」，卻不偏疼黛玉，讀莫泊桑、張愛玲、蘇偉貞，看電影，卻不喜歡重複同一件事。唯一不讓她厭煩的，只有生活本身。而這樣一個女子在我們看來，倒還是不平凡的。

她的第四本集子，預計在明年春天出版，第五本也在醞釀中，「在陽光下道別」已明顯擺脫了校園模式的階段，跨入她筆下冷中帶熱的「美麗新世界」。有人批評「希代」的小說族「面目模糊」，楊明笑笑甩頭：「學歷相仿、年齡、生活環境大同小異的人，寫出的題材當然可能雷同……」。

在陽光下與楊明道別，這個不願替青春立墓誌銘的女孩，除了採望朋友在秋天摘一束桃花到她的住處溫一壺酒外，可能更開心有人陪她回台中老家，打赤膊到田間抓青蛙吧！

畢竟，我們都還在起步階段，楊明如是說。

——七十八年十一月，文訊四十九期

〈楊明作品〉

# 失去故鄉的人

**當年離開故鄉，父親只有十七歲，**
**那時候，他真的知道自己要到哪裡去嗎？**
**即使知道，也不可能想到這一去就是四十年，**
**再也不能回頭。**

林洋港宣佈退出總統選舉的時候，水電工人正在浴室修理漏水的馬桶，聽到新聞快報，水電工甩著濕漉漉的手走到客廳，嘴裡叼著的煙危危顫顫的支撐著一截煙灰，宋懷魯本來想提醒他煙灰快掉了，看見他身後地板上一排水漬，遂又止了口，眼睜睜看著那截煙灰掉落在象牙白的地板上。

螢幕上出現李登輝和林洋港握手言歡的畫面，播報員在一旁强調，林洋港此次退出是八位大老連日奔走的結果，沒有外界謠傳的任何交換條件。水電工哈哈笑了起來，用手指了指電視，不發一言又走回浴室，說：「你這個水箱太舊，該換一個囉。」

宋懷魯倚在門框看水電工敲敲打打，隨口問：「換一個新的多少錢？」心裡盤算著今天不該把股票賣了，明天可能會小漲。回過頭，父親在黑相框中憂心忡忡的凝視著他，他拿起搖控器把電視關了。這幾天他常常暗自慶幸，父親已經走了，不然不知道又該如何操煩、失望了。

宋懷魯是直到父親死後，整理父親的遺物時，才漸漸懂得了父親滿心的無奈，他於是決定將父親的遺照面窗懸掛，那怕窗外其實也沒什麼景觀可以瀏覽，總强過他生前對著電視唏噓。可是，每每打開電視看新聞時，他卻忍不住懷疑黑相框中的父親是否也正斜著眼睛看電視，生前重聽的父親大概努力想聽清楚中共怎麼解釋在福建沿海舉行的演習吧！

民國三十八年，父親隨著部隊來到台灣，據說是在基隆上的岸，隨後調到鳳山，四十年就再也沒有遷移過。這四十年，他日日在鳳山燠熱的陽光下想念他十七歲時便已離開的家鄉，宋懷魯幾次想問他父親：「一個安居了四十年的家，難道眞的比不上十幾年顛沛流離的故鄉嗎？」他終究是忍住了沒有開口，懷魯、念魯、思魯，宋家三兄弟全是父親取的，意思是夠明白了。

從懷魯懂事起，父親便抱著他坐在膝上，向他講述山東老家的寨子，那寨子比他們幾百戶人家住的眷村還大，寨門旁蹲著的石獅子，足有兩名大漢那般高，父親微眯著雙眼，彷彿看得見那座老寨子，他漸漸老邁的雙膝上從懷魯、念魯到思魯，終至他們大得父親再也抱不動時，懷魯才明白，父親眼中的大寨子，實則是加上了孩子的想像，估量不準的。

雖然懷魯的母親是台灣人，每年家裡過年依然蒸上好幾籠的大饅頭，熟白的饅頭上嵌著紅棗，早些年，紅棗不像現在普通，貴又小，不過是象徵性的一個饅頭上嵌一個，父親總是把紅棗撥下來給思魯，思魯偷偷皺眉，蒸熟的棗子有些黏膩，父親卻覺得是好東西，讓給小兒子吃。後來棗子從大陸進來的多了，饅頭上便嵌起花樣來了，隨著母親高興一嵌就嵌上七、八個。

母親是在懷魯服役的時候去世的，當時念魯和思魯都在台北唸大學，葬禮結束後，便只留下父親一個人住在鳳山的老房子，除了過年，三兄弟難得回齊，各人有各人的事。母親在農曆九月去世，除夕，他們三兄弟趕回鳳山，父親不知從那兒買了些饅頭回來，也是嵌了紅棗的，吃過年夜飯，懷魯和念魯在院裡燒紙祭祖，念魯說：「爸怎麼一下就老了？」懷魯想了想：「媽走了，爸一個人在鳳山也不是辦法，再三個月我就退伍了，我看還是接爸到台北，我們一塊兒住吧！」思魯把手裡最後幾張冥紙丟進火中，說：「爸不會肯的。」

懷魯退伍後，在台北的電腦公司上班，他幾次勸父親搬來台北，也好有個照應，父親都不願意，推說台北多雨，他患有關節炎還是住鳳山的好。思魯兩手一攤，表示：「你看吧！我早知道了。」然後便輪他當兵了。宋家三兄弟剛好每個差兩歲，服兵役便是連著六年，思魯入伍前一天，兄弟三人趕回鳳山，吃飯時父親說：「當年要是你媽肯再生一個，都可以打完抗日戰爭了。」

大約就是那段時日，政府醞釀著開放大陸探親，父親一輩子追隨國民黨，老家魂牽夢繫了四十年，他當然是迫不及待的想回去，但是，當年一路倉惶撤退，他總以爲回去的時候會是風風光光的打回去，怎麼也想不到一晃眼，四十年過去了，當年的小伙子，如今已是皤皤白髮，把個反攻弄得像觀光。

父親每天早上起來的第一件事就是打開報紙，看看大陸政策有什麼新的發展，父親盼望開放，又覺得這樣回去有違原則。竟然也是兩難。有一回，懷魯休假回鳳山，父親向懷魯講起巷口修傘的老李。

「他胸前、胳臂上都刺了反共抗俄。」父親喟歎著：「當年也是豪氣干雲呵，那天碰到他，他竟然向我打聽：哪裡可以洗掉刺青。」

懷魯沒有答腔，父親繼續又說：

「老李辛辛苦苦幫人修傘、補鞋，存了點錢，他說想帶回去給他兩個弟弟。這在以前算是資匪，現在……現在這景況，怎麼說呢？」

懷魯覺得父親的觀念未免死硬，忍不住說：「什麼匪不匪的，親兄弟一場嘛！也沒什麼不應該。」

「說不定他弟弟就是個共產黨。」父親說。

懷魯本來想駁他父親，是共產黨又怎麼樣，是共產黨難道就不是他弟弟了嗎？看看父親的神色，還是收了口，沒往下說。

沒過多久，大陸探親便正式開放了。報上說明了因爲有所謂的三不政策，所以政府的大原則並沒有改變，這對父親而言多少有點安慰作用，他只是回去探親的，並不違背他的反共決心。

趁著兒子休假返家，父親掏出叔叔從大陸寄來的信，說：「你們哪一個跟我回去一趟，你們爺爺、奶奶是都已經不在了，但好歹去他們墳上磕個頭。」

兄弟三人你看我、我看你的不發一言，思魯往後一仰，整個人陷坐在沙發裡，一派事不干己的清閑，他正在服兵役，名正言順的不能回去，懷魯畢竟是長子，覺得揹負的責任又比兩個弟弟重些，有些為難的解釋著：「爸，我公司恐怕不能請那麼長的假。」

念魯也想開口推卻，卻被父親搶了先：「好吧！那就念魯陪我回去吧！」

念魯橫掃了兩個兄弟一眼，不能再說什麼。回台北的路上，他向懷魯抱怨：「你們一個上班，一個服役，合著就我沒事幹？我好不容易找到個跟片的機會，可以學三個月的場記，對我申請學校也有幫助，這麼一來，也只好放棄了。」

念魯唸的是戲劇，對電影十分狂熱，懷魯拍了拍念魯的肩膀：「到美國唸書還不是一樣有機會，爸爸的那些想法，你又不是不知道，陪他回去一趟，也算為我和思魯盡點心。」

念魯雖是百般不情願，但事已至此，也只好順著父親的意思。

父親拿出積蓄開始採購，一邊還向去過大陸的人打聽老家的人需要些什麼，他替兩個弟媳婦、兩個妹妹打了金項鍊，又替十幾個侄子、侄女、外甥、外甥女買了手錶、隨身聽，足足忙了一個月。

懷魯在父親臨行前，抽空回鳳山，進門便看見幾隻大皮箱大剌剌地敞著口仰躺在地上，父親搓著手站在一旁：「分開太久了，也不知道他們需要些什麼？」

懷魯說：「帶美金嘛！這……多累贅。」

父親有些不悅：「你兩個嬸嬸我連面都沒見過，第一次總得給份見面禮，還有你那些堂兄弟。」

懷魯解釋：「我是怕您太累，下了飛機，還得換好幾趟車，不是嗎？」他已經可以想像思魯拖著幾隻大皮箱，揮汗跟在父親身後時的狼狽模樣，他不禁同情起思魯。

「這幾天，我老夢見我們那寨子，寨子外一排柳樹，那個綠眞是好看。」父親的嘴角柔緩了下來：「還有你兩個姑姑，紮著辮子在門前踢毽子。」

「爸，那是四十年前，姑姑現在都是五十多歲的人了。」懷魯提醒著。

「可不是嗎？」父親笑得有些蒼涼：「我記得的都是他們四十年前的模樣，他們一定也想不到我這個老大哥已經老成這樣了，我出來的時候比思魯還小四、五歲。」

現在，懷魯想起那天黃昏和父親在鳳山的老房子說話，陽光透過紗門照在客廳的地板上，亮晃晃的，從父親的腳邊移到皮箱上，不過是一眨眼的功夫，父親幾次話說到一半，突然起身隨手翻著皮箱裡的東西檢視著，等放下手上的東西，又忘了剛才講了一半的話是在講什麼，懷魯當時因爲台北的工作壓得他幾日不得好睡，只覺得不耐，到現在，他才想到父親那一天大約便是在那幾隻皮箱間流連，翻翻這又翻翻那，藉此掩飾他的緊張和興奮，尤其，他總是一個人在家，情緒的滿漲已淹至喉頭，卻無法傾出，那幾隻大皮箱便也愕然的張著口，跟著恓恓惶惶地攤吐了一地。那時候，他竟不明白父親的情怯，只覺得父親畢竟是老了，變得瑣碎而又健忘。

八月底，父親才從大陸回來，去了整整四十天，懷魯、思魯分別從台北、中壢趕回鳳山，父親整個人瘦了一圈，更顯老了，見了他們，也不大說話。晚飯後，懷魯在客廳看電視，節目中的主持人正極盡能事的消遣來上節目的特別來賓。父親突然沒頭沒腦的說了一句：「怎麼會呢？老寨子全拆了？」

懷魯沒聽清楚，便問：「什麼全拆了？」

父親瞪大了眼睛：「寨子啊！我們的老寨子。」

懷魯沒往心裡去，順口便說：「總會拆的嘛！好幾十年的老房子，要在台灣早就拆掉改建了。」

父親霍地站起身：「什麼話，現在那還有那麼敞亮堂皇的房子，我們的寨子只是老，不是舊、也不是破，爲什麼得拆，就是他媽的共產黨，把什麼都毀了。」父親說完，拿起茶杯便進房裡去了，因爲生氣，手有些打顫，杯蓋和杯沿頻頻撞擊，險些跌落。

思魯聳了聳肩，念魯只管瞅著電視，懷魯忍不住問念魯：「怎麼回事？」

念魯推了推眼鏡：「我們到了濟南，就包了車回老家，結果竟然走過了頭，爸爸也沒發現，老房子都拆了，老家全變了樣，和爸的記憶完全不同。」

「別說大陸，任何一個地方，離開四十年哪有不變的？」懷魯說。

「爸可不這麼想，爺爺、奶奶不在了，他回去就是要看他那老寨子，結果，全拆了。」

「叔叔他們呢？」思魯問。

「四叔比爸爸整整小了十歲，看起來比爸爸老十歲不止哦！」念魯說：「爸爸帶了好些絲襪回去送姑姑、嬸嬸，也不知道是誰告訴爸爸送絲襪的，結果姑姑接過絲襪就笑了，和我說：『我們種田的人腳上全是繭，哪能穿這種細緻東西，一穿就磨破囉。』我一看，她的腳又粗又大，眞的都是厚皮，完全想不出這樣的腳也能穿著小繡花鞋踢毽子。」

念魯接著說：「更慘的是，叔叔在信上一直沒告訴爸爸，爺爺、奶奶是怎麼死的，這次回去，爸爸從個遠房表叔那兒無意聽來，爺爺是給人活活打死的，奶奶受不了就自殺了，當時還不准家裡收屍，就給埋了，墳是後來才修的，墳裡頭是不是爺爺、奶奶，其實也不能確定。」

電視裡傳出一陣哄笑，配音似的，念魯低著頭：「我到墳上上香磕頭時，心裡就想，如果地底下埋的不是我們的爺爺、奶奶，反正也會是別人的，權當爲人盡孝吧！」

思魯捶了念魯一拳：「你小子胡說八道什麼？」

念魯也不還手，只說：「你回去看看再說，爸爸這回也受夠了。當年最鍾愛的小妹妹，四十年想的全是她十歲時的模樣，這回回去見了，不告訴你們奶奶死了，你們一定會以爲她就是奶奶，憔悴的不像話。」

那天晚上，父親一直待在房裡，沒再出來，臨睡前，懷魯看見父親房門底下仍透著光，便推門進去了，父親坐在書桌前，桌上擺著一方石塊。

「爸，晚了，早點休息吧！」懷魯說。

「你知道這是什麼？」父親頭也不抬，指著桌上的石塊說：「這是從我們老寨子圍牆拆下來的，全給人拿去砌房子了，砌了些矮趴趴的小房子。這塊，還是你四叔砌牆剩下來的，原本想留著補牆用。」

「爸……」懷魯喊了一聲，實在不知道能說什麼。

「什麼都變了。」燈光下，父親的側影像是公園裡擺攤的老人剪出的一枚翦影，單薄而又模糊，只賸些喟嘆證明曾經存在的過往，而這些過往又在喟嘆中逐漸凋落：「變了，都變了。」

水電工人放下鉗子，扭開水龍頭洗手，洗完也不擦，順勢一甩，又一排水漬落在架子上攤著的綠色浴巾上，水電工走到客廳，見宋懷魯把電視關了，他指著電視說：「你不看啊！現在的新聞比連續劇還好看。」懷魯彷彿覺得相框中的父親白髮又多了些，眉頭也更緊了。水電工交代著：「我回去拿水箱，馬上就回來給你換。」

懷魯起身替自己倒了一杯茶，他不敢抬頭看父親，怕他突然對自己說：「把電視打開，有新聞了。」

父親從大陸回來以後，一直遺憾幾個弟弟、妹妹因爲成分不好，都沒能唸書，原本世代書香，到了他這一代，他是個退伍老兵，而弟、妹們則守著一塊薄田，餓是餓不死，可是那貧瘠的土地裡也實在長不出什麼希望。直到三叔的兒子至光堂弟考上了北大，父親不覺又喜出望外起來。他直唸著：「老天畢竟沒有絕了我們宋家。」

父親寄了一筆錢給三叔，信上反覆叮囑三叔務必好好栽培至光，重振家聲。那時候，念魯已經赴美留學，思魯服役的單位調到馬祖，簡直見不到這個人。懷魯想，父親是把自己一世的遺憾全放在下一代的身上，希望這些遺恨能有償清的一日，而這些，都是直到父親死後，懷魯在他的抽屜裡找著了幾張草圖，是父親手繪的老寨子，依憑著記憶畫出了幾座院落的分佈，寨牆外栽了一排柳樹，懷魯才明白，父親一心一念想重建那寨子。

爲了栽培至光，父親特意到銀行開了個戶，每個月定期存進一筆錢，他對懷魯說：「等到你至光堂弟畢了業，就可以用這筆錢去深造。」懷魯知道父親一向儉省，退休後靠著退休金度日，雖然有公家宿舍可住，手頭還算寬裕，但是眞要存什麼錢，卻也不大可能。便勸道：「爸，你別操心，至光畢業後如果要留學，我和念魯會設法幫他的。」父親點點頭，依然每個月固定存進一筆錢。

隔年五月，大陸學潮愈演愈烈，父親每日留心新聞，有時候，懷魯覺得從政府考慮是否開放大陸探親開始，父親的心怕就沒眞的放下過。懷魯偶爾打電話回鳳山，父親總說：「你堂弟也在北大，他該不會跟著別人也去絕食抗議吧！」

父親寫了信給三叔，信上說如果至光也在天安門廣場上，要三叔千萬去勸他回來。

六月三日懷魯清楚記得，那天下午他在公司開會，開到五點會才結束，他趕著六點的車回鳳山，回到家已經十一點了，他以爲父親該睡了，走到門口，卻發現客廳的燈還亮著，並且傳出了電視聲。懷魯掏出鑰匙開門進去，父親只抬頭看了他一眼，有些語無倫次地向他說：「他們對那些孩子開槍，都還只是些孩子啊！連坦克車都開進廣場了哪！」懷魯不解，愣愣地坐下，看了插播的新聞才知道中共開始鎮壓廣場上的學運。

「我寫信給你三叔，也不知道他有沒有勸至光，一直沒收到回信。」

「爸，不會有事的。」懷魯困難地說，看了電視上衞星傳播的畫面，連他也不能相信不會有事。

父親搖搖頭，從他困頓的神色顯然他已經守著電視許久了。電視的新聞快報重複著同樣的畫面，一直沒有新的消息進來。懷魯勸父親：「早些睡吧！明天的報紙，可能講的詳細些。」

父親關了電視，卻並不回房，他長長的嘆了口氣：「那些孩子……那些孩子今天晚上該到哪裡去呢？」

懷魯不禁想，當年離開故鄉，父親只有十七歲，比天安門前的許多孩子都還要小，那時候，他眞的知道自己要到哪裡去嗎？即使知道，也不可能想到這一去就是四十年，再也不能回頭。枝葉都沒長齊全的一顆小樹，硬生生的移往了南方陌生的小島，糾纏的根盤繞著生長的土地，不肯鬆手，雖然時勢將它扯離了母株，一輩子留下些殘餘破碎的根埋藏在泥土裡，移植不盡的。

隔日懷魯醒來已近中午，父親一個人坐在客廳，身旁擱了份看過的早報，懷魯走過去拿起報紙，好幾個版面在報導中共鎭壓學運的事件，事情可能比他昨天晚上想的還要嚴重，新聞延長了播出時間，並且不時配合快報，父親初時還叨唸著至光，漸漸便不再言語。那一整日，客廳裡除了電視機開著時，還有些人聲，便是全然的靜寂，傍晚，天色漸漸暗了，他們卻沒開燈，螢光幕青蒼的光芒灑在磨石子的地板上，電視再度播出一羣年輕人聚集著唱歌，這一段衞星畫面已反覆播了好幾次，畫面屢次停格在一張應該有些稚弱，卻已顯出不合時宜的滄桑的臉上，他張大嘴跟著唱，淚水一行行滑落，父親突然關上了電視機，對懷魯說：「都是些好孩子呵！好孩子。」懷魯想，即使確定了至光平安無事，不在廣場上，父親也不能稍事寬心，對於中國，他愈來愈無奈，恨自己使不上半點力氣。

或者是因爲六四事件後，亂了一陣，接著又開始整肅，對台灣的通信整個亂了，父親直到九月才收到三叔的來信，電話裡，父親對懷魯說：「你堂弟總算沒事。」懷魯掛了電話，竟然有些無法解釋的悵然，彷彿是爲至光竟錯過如此重大的歷史而感到遺憾，念頭才起，又心虛的厲害，六四之後，股票連著幾天下挫，他因爲手上有幾張，還著實耽心過，還好隔不很久，又回昇了。懷魯明白換作是他，大約是沒有足夠的勇氣挨進廣場的，更別提絕食抗爭了。

懷魯聽到門鈴聲時，其實門鈴已經響了好幾次，他起身要去開門，才發現天已經完全黑了，而他連燈都沒開，他先開了燈，再開門，門外水電工提著水箱站在那兒，見到他，說：「我還以爲你出去了，按了好幾次鈴也沒人來開門，暗濛濛的燈也不開，你睡著啦！」

懷魯搖搖頭，看了看錶：八點二十分，水電行在路口，他卻去了兩個小時才回來。水電工抱著水箱走進浴室，地板上又是兩排腳印：「我看完新聞才過來的，精采！你沒有看啊！」

懷魯看了父親一眼，玻璃反光，懷魯完全看不清父親的表情。水電工的聲音又從浴室傳了出來：「看明天蔣緯國會有什麼『動作』。」懷魯不禁覺得水電工的話太多了，這些……這些都是他不希望父親聽見的。

接到父親車禍的電話時，懷魯手上正講著另一隻電話，交代著把手上的股票拋出，待他匆匆忙忙搭機趕回高雄時，父親已經意識不清了。鄰居告訴懷魯，父親是去銀行存錢的路上給車撞了，那輛車算是有良心的，還送父親到了醫院，那時，父親還清醒，可是，到醫院不久，便昏迷了。醫院交給懷魯一本存摺，是從父親口袋裡掏出來的，懷魯打開看，存摺裡共有八萬塊錢，父親從知道至光考上北大起，每個月存伍千塊錢，已經存了整整十六個月，這個月的還沒來得及存進去，就給車撞了。

思魯接到通知，兩天之後也從馬祖趕了回來，懷魯打了電話給念魯，念魯學校正好放假，只是臨時訂不到機票，急得在電話裡迭聲叫嚷：「等我，一定要等我，我會回來的。」

懷魯和思魯終日守在醫院，父親的情況一直很不穩定。一天晚上，懷魯和思魯到醫院附近的小館子吃飯，正好是新聞播出的時間，懷魯在電視上看見柏林圍牆拆除的畫面，他突然有股衝動想立刻跑回醫院，告訴父親沒有柏林圍牆了，轉念間，他又不能明白，這樣的消息到底是使父親對中國的未來懷抱更大的希望？抑或是更加失望呢？一直到氣象報告都播完了，懷魯終究什麼都沒做，只是頹然地坐在桌前嚼著一盤太鹹又太硬的蛋炒飯。

父親便是那天晚上過世的，念魯還是沒來得及趕回來，懷魯和思魯跪在床沿，懷魯握著父親逐漸冷卻的手，思魯趴在父親膝上慟哭了起來，懷魯一心想著要讓父親走得安心，他聽人說，人剛死的時候，魂魄還沒走遠，跟他說話聽得見的，懷魯便開始語無倫次的向父親說：「爸，柏林圍牆拆了，或者……或者兩岸就要通了……」思魯愕然的望著他，完全不知道他在這時候講這些做什麼，懷魯繼續說：「不管通不通，我會繼續替至光存錢，一個月五千塊，存到他畢業，然後讓他深造，爸，您要放心。」日光燈鋪灑在蒼白的床單上，竟微微有些反光，懷魯說著、說著，再也看不清父親的表情。

懷魯請了一個禮拜的假料理出殯的事宜，並且整理父親的遺物，他在父親的抽屜裡找到父親手繪的老寨子草圖，心裡不覺大慟，父親用2B鉛筆仔細畫在米白的素描紙上，一本素描簿畫了好幾頁，憑著記憶畫了平面分佈圖，居然還有一張老寨子立面的圖像，寨門旁栽了一排柳樹，柳樹迎風招擺，父親細心一條一條繪著，那因風而起的柳絮由北方飄至南方，落地後，才知道再回不去了，慢慢伸展出的枝椏茁壯後，又繁衍出子株，他彷彿講述童話故事般的告訴小柳樹：「很久、很久以前，在北方有一排柳樹，那個緣喲，眞是好看……」

念魯在父親去世後三天方趕回奔喪，進門後，他跪在靈前，反覆的問著父親：「不是說好了等我嗎？不是說好了嗎？」幾十年的老鄰居見了不忍，過去拉念魯起來，說：「你爸爸走得很安詳，沒有痛苦。」懷魯驚痛，抬頭看那張和父親一樣的臉，四十年奔勞痕跡全刻在上面，他怎麼會說父親走得安詳，父親滿腹的心事，他不該更明白嗎？

念魯問懷魯：「父親走以前，有沒有交代什麼？」懷魯拿出素描簿遞給念魯，念魯不解：「這是什麼？」他翻著裡面唯有的幾張圖，後面便全是空白的紙頁，懷魯說：「這是爸爸的老寨子。」

念魯放下素描簿，便出門了，直到傍晚才回來，他買了好幾座紙糊的房子，不發一言在父親的靈前一座一座的燒，火苗吞噬著色澤繽紛的宅第，一點一點全成了灰燼。父親微微笑著，大概是笑兒子傻吧！從小在眷村長大哪看過那樣大的寨子，搬來的紙房子也顯倉俗，小鼻子小眼睛的，一點也不大派。父親心疼的撫過兒子的頭：「不是這樣，我們的寨子比你們小時候住的眷村還要大，寨門的石獅有兩個大漢那般高」父親的聲音漸漸微弱了：「可是，現在都變了，都變了。連柳樹也沒有了……怎麼會呢？只是一排柳樹，他們又阻礙了誰呢？」

懷魯打開電視，八點檔的連續劇，懷魯從來不看的，今天在等水電工修馬桶，反正也沒別的事可做，他在沙發上坐下，電視劇裡的小孩全講著一口流利的北京話，水電工換好了水箱，從浴室出來，他看懷魯在看連續劇，便熱心的告訴懷魯：「這全是在大陸拍的哦！好玩吧！」他指著男女主角，說：「他們小時候都講好標準的北京話，一長大換了台灣的演員演，嘿嘿，就有點台灣腔囉！眞好玩。」懷魯這才知道那幾個小孩原來是大陸的童星，他順口問：「那些孩子都大陸的啊！」水電工瞪著懷魯，十分訝異他的無知：「你不知道啊！本來第一集要禁演，就是因爲裡面有大陸的小孩啊！」水電工又强調了一句：「報紙都有登啊！」懷魯有些尷尬，遂解釋：「我不看影劇版。」

送走水電工，懷魯把電視關了，他回頭看著父親，開始對父親說：「爸，你看到了吧！不僅台灣到大陸拍電視劇，大陸的小孩也在台灣電視上演戲，都是一樣的嘛！雖然口音有點不同，也還是一樣的啊！這幾天報上在討論台灣的學生到大陸升學的事，其實也滿好的，如果唸清華，四年後回來，還可以合組同學會……」他猛然住了口，想起父親反共的原則，他突然說不下去了，父親凝重的望著窗外，客廳裡又恢復了慣常的靜寂。

——七十九年，小說創作三〇五期

年輕出擊

民國五十五年生，高雄鳳山人。淡江大學中文系畢業，現任教國中。著有小說集「若忘今塵」、「夢裡千年」。

## 林雯殿

# 一顆力求突破的心

## 訪林雯殿

◉夏瑞紅

乍看林雯殿的小說，不少人第一個直覺是，她的文字與印象裡中文系女學生慣有的唯美迷濛，有頗大的一段差距。

出版她第一本書「若望今塵」的朱寶龍先生，甚至曾問道：「林雯殿是不是有一點男兒氣？」

究竟一個女孩可以化身爲歷盡滄桑的大明星唐敏、勾心鬥角的小職員冷亦先、無力面對工商都會的老農夫崔戶、寂寞害羞的光棍教授洪宏……，會是一個什麼樣的女孩？

有一次，某個雜誌社邀請幾位寫小說的年輕女孩座談，談到當今文壇現象時，大家興致很濃，紛紛提出批評意見，只有林雯殿一個始終默默地聽，一直到有人要求她發表看法，她才紅著臉，吞吞吐吐回答：「我想……自己做自己的就好了，現在年紀太小沒什麼好爭的，也沒辦法跟人家去爭……，我想慢慢累積就會有成績，不用去爭……。」

這個從小在高雄鳳山長大的女孩，看起來就跟說的話一樣簡單樸實，她總是帶著閒散的表情，安安靜靜地坐在角落裡，彷彿周遭的事都和自己沒有多大關係似的。

你很難想像這樣一個女孩會對複雜的人性充滿好奇，而且還提起筆描繪出一個個各有苦悶掙扎的小人物。

林雯殿今年二十二歲，是淡江大學中文系三年級的學生，她的作品雖然不多，但曾獲得校內的五虎崗文學獎，及中央日報大專組小說第一名，在最近崛起於校園的文學創作者當中，表現可算突出。

她說，她寫作只是想「眞正爲自己做點事」，不關什麼生命意義之類的大題目，「有時我發現自己也是個滿有理想、抱負的人，有點虛榮心想找機會發表己見，可是卻常處在人羣裡，見別人一個個高談闊論，自己只有緊張地扭手帕的份；看了場能使心情激動澎湃的電影，心裡積著一堆感想，卻是見著人只能：『我覺得……那眞是……』語無倫次，所以，我得爲自己找個紓解的管道，而『寫』這種方式大概就是在試過其他方法都無效後，才派上用場的，因爲它只需要面對自我。」

那麼，是什麼樣的「自我」，使得林雯殿總習慣以男性主角作爲她小說裡的敍述觀點？

林雯殿常說：「身爲女子在接觸新經驗上有很大的障礙，對寫作影響不小，來世若仍做作家，一定要投胎爲男人。」這可能是她下意識中對性別限制的一種反抗。

「我眞的很希望突破女性的限制，所以，我一向很不耐煩在人物的外表細節上做精細的描述，常要爲他們找點事做，也讓他們自己說說話，表現個性。」林雯殿自覺她的文字比起同輩寫小說的女孩可能略爲粗放，但她很高興至今還沒有人說她筆下的男子「娘娘腔」。

另外，在題材的選擇方面，林雯殿也小心避免在所謂「女性文學」最常發揮的愛情、婚姻範圍裡打轉。

「我認爲愛情是很神聖的東西，不能草率寫它，所以除了一篇沒有收錄在書裡的『除卻巫山不是雲』之外，我沒有寫過純粹講愛情的小說。其實，和一般女孩子一樣，對愛情我也有許多憧憬，而且，我相信自己不是不能寫愛情小說。」

林雯殿爲訓練自己，所以「規定」自己儘量嚐試寫各種行業裡的人物，體裁最好也不要重複。但是，她不時感到「力不從心」，因爲從小成長環境單純，生活經驗相當有限，小說裡涉及校園以外的事，大部份是輾轉聽來或讀到，再加以想像組合的，她自知了解有限，往往不敢放手去寫，時常提醒自己要「點到爲止」，以免「露出馬腳」，被人家笑「外行充內行」。

她覺得這是她目前在小說創作上遇到的最大困境。

爲突破這個困境，她很想嚐試把自己丟到許多從沒接觸過的場合去「見見世面」，但心裡總有點怕，想了好久還是不敢，只好又回頭對自己說：「那就算了吧。」

舉例來說，光是「實際去看看地下舞廳的五光十色」這個小小的心願，林雯殿就足足想了大學三年，至今仍因得不到熟朋友的支持同行而未能實現。

這一點行不通，林雯殿轉而鼓勵自己主動交朋友，但是偏偏老是鼓不起勇氣。每一次參加聚會前，她總不忘在心裡默唸上百遍：「這次要主動，不能當呆頭鵝」奈何到時「又失敗」了，最後不得不「認了」自己不善交際的天性，安於作一個聽衆，在一旁默默觀察。

「等畢業以後吧！」充實生活經驗的計劃到處碰壁後，林雯殿便把希望寄託在畢業以後，她堅稱若要走文學創作的路，就一定要離開學校去找份工作，實實在在地投入社會生活，絕不能待在家裡搖筆孵蛋。

至於，目前唯一剩下的好方法就是「剪報」。

林雯殿的剪貼本一大堆，但剪的不是文學資訊，而是無奇不有的社會新聞。她常仔細研讀分析那些社會新聞，還劃重點、做筆記，被室友笑稱「跟神經病一樣」。她認為那些活生生的事件，有助於她對人性的探索，以及對社會問題的思考，經常也能觸發她寫小說的靈感。

林雯殿寫作的習慣是，每當有個「靈感」想寫篇表達某個主題的小說，她便把那個主題放在腦子裡反覆思考，從不急著去寫。等到故事大綱及人物漸漸成形，再把它們一一列在紙上作參考，做進一步的結構安排，然後才開始動筆。

她寫作的速度不是很快，作品也不多，有人建議她為自己擬個寫作計劃，她說何必增添不必要的壓力，寫作是件愉快的事，想寫就寫、不想寫就擱著不是更好？

對於未來在文學上的發展，她不敢抱太大的野心，但求能「不斷寫出能讓自己滿意，敢一看再看」的作品，畢竟現在只是剛地步，埋頭苦幹都來不及了。

「如果今天我有一點成績，那都要感謝我大一的國文老師施淑女女士，她啓發我對文學的認識、指導我寫作的技巧，至今我有很多觀念都是從她那裡來的。」林雯殿認眞地說。

誠懇好學再加上一顆努力求突破的心，林雯殿的筆終究會越磨越利。

儘管生活經驗不夠，寫作技巧也不十分熟練，但只要實實在在地跨出第一步，總值得喝采鼓勵，畢竟很多偉大的小說家都是從年輕、不成熟開始的。

「若望今塵」不是林雯殿的全部，那只是個紀念，紀念她在突破本身的障礙及跳脫一般人對中文系女學生作品的印象上，第一次小小的成功吧！

——七十七年十一月，文訊卅七期

〈林雯殿作品〉

# 失影者

**忽然間，那正扭動著的成仔嫂的臉，**
**竟變成她母親的臉，**
**那臉正恣意呻吟著……**

## 1

成仔嫂發瘋了。

一個小孩衝入王成的家：「成仔伯，不好了，成仔嬸搶了玉嬸的囝仔。」王成聽後，臉色一沉，轉身拿了捆繩子，跟了小孩出去。

繞過街的轉角，王成即聽到玉嬸發狂的叫聲：「還我的囝仔，還我的囝仔……」

許多人圍著成仔嫂，但她仍然緊緊地抱著嬰孩，傻傻地笑著，每當有人想上前，她就作勢要把嬰孩丟入井裡，來喝阻別人的行動。

這時玉嬸看見王成，便立刻撲過去抓住王成的衣服，大吼：「叫你某還我的囝仔，叫你某……」

王成看看失去理智的玉嬸，再看看前方癡笑著的自己的老婆，面色轉爲鐵青，握繩的手不自主地越握越緊。

風一陣一陣撩起。

暮色漸籠著這個小村鎮。

王成的汗自額頭，大顆大顆地直直落下。

## 2

外頭流言一波又一波。

成仔嫂只得關起門來才敢掏奶子餵孩子。縱然關上門，她還是覺得門外似乎有人，正虎視眈眈地看著。

那些流言可以穿過牆、穿過門。

桌上的飯菜早已冷了，自從她懷孕後，王成做完生意總是在外面混到很晚才回家。所以那些流言，不需要證實，便已滿天飛了。

成仔嫂望著懷裡正沉穩吸吮著的嬰孩，不自覺地嘆了口氣，現在她沒有選擇的餘地了。

其實自她嫁給王成後，很多事都不是她能選擇的。

這天深夜，王成又喝的醉醺醺，回來時還用力把門踢開，只見成仔嫂端端地坐在桌旁，王成瞧也不瞧她一眼地便要走開。

「我幫你把菜熱一熱，好嗎？」成仔嫂小心翼翼地問。

王成斜睨她一下，不理，繼續要走進去。

「我……我……我……」一個字抖了半天，成仔嫂才鼓足氣接下去：「我求你不要再這樣子了。」

王成猛地轉身要去砸飯桌上的東西。

「不要……」成仔嫂嚇得大叫，聲音之大把她自己也駭住了。

這叫聲在陰暗的屋內旋著、旋著，把兩人的心情攪得更亂。王成停住手，兩肩緩緩地下垂，所有的僞裝，剎那潰堤，半晌，他拖著疲憊的步子，慢慢走入房去。

午後的陽光頗豔，幾個婦人聚在廊下揮扇閒聊。

成仔嫂提著自街上買來的東西，自那頭走來。婦人們見她過來，痲雀般的噪聲瞬地全停了。成仔嫂感到一股不自在，遂低下頭想快步走過，雖然她知道自己早已成爲別人茶餘飯後閒聊的話頭，但仍不願正面去面對。

「成仔嫂，按怎有空出來？」玉嬸細尖的聲音驀地響起，震得成仔嫂步子不穩。

「嗯……嗯……，出來買一些日用品。」成仔嫂感到有許多道執疑的目光射向她。

「嗳！成仔嫂眞疼囝仔，平時都沒時間出來逛哪！」楊嫂也開口，說完便惹來這些婦人的竊笑。

成仔嫂勉强回應兩聲，就加快腳步離去。

回到家裡，望著熟睡在床上的嬰孩，心中非常感慨，曾經，她有過念頭把這孩子丟棄，但是卻始終下不了手，畢竟是親生的骨肉呀！

「就算是上輩子欠你的債。」成仔嫂在心中喃喃唸著。

這天很意外地王成竟然提早回來吃晚餐，雖然他回來仍是綳著一張臉，且放下東西後就到院子坐著，但是成仔嫂還是高興得亂了手腳，煮菜時戰戰兢兢地，深怕煮不出對王成口味的菜。

在桌子擺滿菜之後，王成沉默地上桌，兩人對坐視線卻不接觸，只是低頭扒著飯，此時安靜得連挪腳的聲音都聽得到。猶豫了下，成仔嫂挾起一塊肉往王成碗裡放，這個曾經是熟悉的動作，現在做來竟顯的如此難，王成沒有把肉挾開，也沒去吃，仍是扒者飯。

時間慢走得讓人都能感覺得出來。成仔嫂忽然擔心起，如果嬰孩現在開始哭，她該怎麼辦？

外頭響起一陣孩童的腳步聲，窸窸窣窣地像正在嬉耍，這些鬧聲稍微減輕了王成與成仔嫂之間的尷尬。但是驀然間，幾個孩童的臉竄上窗戶，同聲喊著——羞！羞！羞！成仔嫂跟人生囝仔！羞！羞！羞！……。

成仔嫂乍然一聽，驚得飯都嘔了出來，這是什麼天下？王成猛地把飯碗摜在地上，拿起擱在牆角的掃帚，衝出去亂打。孩童四散奔去，但餘音似仍繞著——羞！羞！羞！羞！羞！羞！……。

一陣胡亂揮掃帚的精力發洩之後，王成整個人頹喪地癱在地上，手還死緊地抓住掃帚。

成仔嫂則癡呆地坐在飯桌前，那滿滿一桌的菜肴，此時在她眼裡竟成一道漩渦，狂亂地把她捲入黑暗中。

黑暗中。

羞！羞！羞！……。

## 3

成仔嫂嫁給王成的時候，婚禮雖不是風光鋪張，但卻也是體體面面地，該有的禮數一樣也沒漏，這是她娘家給她盡的心，體恤她在家辛勞多年，把底下三個弟弟拉拔進高等學校。

婚後，成仔嫂也像傳統婦女般，希望生幾個白胖的孩子，全心在家相夫教子，尤其那時王成的寡母去世未滿百日，她更覺得家裡需要添個孩子，增加一點生氣。

不料新婚之夜，王成卻在外頭磨菇半天，沒進房來，成仔嫂等得幾乎睡著，硬撐著爬起來掀開門簾一角偷窺，只見王成在昏暗的廳裡走去又走來，見此狀成仔嫂滿心的不快，但礙於彼此尚不甚熟，要顧著點兒情面，遂忍著沒發作。第二天清早醒來，見王成袒著胸沉沉入睡，結實的肌肉凹凸有致，她的心起一陣異動，但過沒多久就著實覺得委屈起來，她不懂王成的心。

懷著怨氣、不甚情願地到廚房燒柴煮飯，望著窗外略灰濁的天空，成仔嫂沉沉地嘆了口氣，對未來她開始執疑。過了一會兒，王成也起床了，梳洗完畢後即到他母親牌位前上香，成仔嫂端菜出來時，還冷眼看著王成上完香後跪在地上磕了三次頭才爬起來，成仔嫂明白王成自幼喪父，全靠他母親一手扶養長大，這種恩情非外人能體會的，可是偏偏此時她瞧見王成這種舉動，就覺得心裡有些不舒服。

這天夜裡，王成仍藉故逗留在客廳不進房，成仔嫂再也壓不住心中的憤怒，就收拾包袱要回娘家，王成求了她半天，成仔嫂依然不回心轉意，情急之下，王成就強把成仔嫂拉到床上相好起來。

房內幽暗的燈映出兩個交纏的身影，如狂風襲草原，一波又一波。月亮晦澀殘缺地掛在窗外，光極弱，似懶的俯看這世界。

過了半天，王成汗涔涔地把燈扭亮，然後慢慢背過身去低下頭，成仔嫂衣衫凌亂、雙目呆滯地躺在一邊。

「我……我以爲娶某以後會變好。」王成低聲地說。

這時成仔嫂忽然抱住枕頭，嚎啕大哭起來。

哭聲隨著夜氣，逐漸散開。

王成拿起小桌上的杯子，狠狠往地上摔。

隔日成仔嫂挽著菜籃踏出門，玉嬸即靠上來：「哎唷！成仔嫂，昨夜妳厝發生啥米代誌了？大聲小聲地，害我們這些厝邊都很擔心。」

成仔嫂聽後露出尷尬的神色：「沒……沒有代誌啦！」

玉嬸眼珠一轉，細聲地說：「難道才新婚，王成伊……伊就對妳動粗？」

「沒有這款代誌……」成仔嫂很怕玉嬸再問下去，忙又說：「我要趕緊去買菜，有話回來再聊。」便加快腳步走去。

市場內小販的叫賣聲此起彼落，可是成仔嫂卻被心事所擾而無心買菜，末了拿了幾樣算給自己交差。提著菜籃在街上繞了繞，見著有家中藥舖子，便進去抓了幾帖藥。

晚上，成仔嫂熬了碗濃褐的湯汁，要王成喝下去，王成看著那味道甚難聞的東西，雖不願但也不得不喝下，畢竟是一線希望。

此後，成仔嫂盡所能，祕密地去打聽到許多藥方，不辭辛勞地弄回來給王成吃。而對於婆婆的牌位，更是早晚三柱香地拜，口中唸唸有詞：「成仔是您唯一的兒子，請您一定要保佑伊……保佑伊……」唸到這兒常要因不知該怎麼說而頓了下：「反正保佑王家不要斷後。」還學王成磕三次頭才起來。

甚至有一次，聽說外地有一位會算命又會治病的半仙，成仔嫂就幫王成理好包袱，要他連夜趕去就醫。

如此折騰了一大段日子，藥吃了不少，病也看了不少次，就連附近大、小廟都拜盡了，王成的病仍然沒起色。

這天夜裡，王成夫妻兩努力試了又試，終於還是沒能完成這件大事，成仔嫂盈著淚狠狠地瞪著王成，目光那樣毫不退縮地瞪著，她覺得自己在這樁婚姻中，徹底受騙了。王成則被她瞪的全身發麻，他第一次意識到女人這種帶著強烈恨的目光的可怕，不留餘地地一點一點蝕著他的自尊。

一點、一點、一點、一點地蝕著。

猛地掀開被子，王成跳下床，衣衫不整地往外走，然後重重地朝廳內高椅坐下，他覺得自己現在什麼都不願想，只想一個人靜靜坐著，但是偶而成仔嫂那雙含淚的眼仍會闖入他的腦海，毫不留情地踐踏他失去控制的腦子，這時他便惱得希望自己已不存在。

不存在。他驀地抬頭瞥見他母親的牌位，那方方正正的牌位代表不存在?他的母親不存在，而牌位存在?那每日他恭敬膜拜著的是他的母親，還是牌位?

他的意識被一連串的問號擊碎。

但他也在這種連串且無答案的自問中，得到喘息的空間。

喘息之後，他母親那隻瘦黃、緊抓住棉被的手臂又浮現在他眼前，他並不惱怒，也不想辦法驅走它，他只是露齒、傻傻地、呵呵地笑著。

**4**

王成自此以後便很能正面去面對成仔嫂了。

一早起來，挺著胸走到母親牌位前上三柱香，不去理會背後那隻冷冷、不以爲然的眼睛。上完香以後，他就大聲吆喝著要吃稀飯。

他覺得自己是個頂天立地的男人，一個有高尚靈魂而軀體不存在的男人。

只是這樣一點小小的遺憾，對他而言，構不成任何妨礙，他告訴自己。

每日，他從生意場上帶回一身殺氣，粗聲粗氣地差遣著成仔嫂時，他便覺得心中舒坦一點，甚至一天在外頭積下的疲憊，都可消去大半，他訝於自己這樣的轉變，不過偶而成仔嫂受不了他的吆喝，回以憤怨的目光時，他也會急煞車，縮著脖子走開。

王成這樣的性子，連他自己也捉摸不住。

這天晚上，王成和玉嬸的丈夫在院子裡喝酒，邊喝邊胡扯些事，忽然興致一起，抬起胳臂要划酒拳，未待玉嬸的丈夫回應，即嚷著兀自划起來：「一根蔥呀！一根蒜！兩隻麻雀呀！三窩蛋……」

玉嬸的丈夫聽後一愣，隨後就指著王成笑了起來：「你喝醉……醉了，酒拳哪裡是這款樣……」

王成氣得臉都扭歪了，用力把喝過的酒瓶全推倒，然後吼著：「我的酒拳就是這款樣……這款樣……，那是我的……我的……」便丟下玉嬸的丈夫，一個人踉蹌地走回屋內。

摸黑入了房間，王成立刻感到一股窒人的悶熱，這樣的夏夜，使他更有無力感，迷迷糊糊地跌上床後，才發現成仔嫂敞著胸部睡著了，她那高聳的乳房若隱若現，攪得王成心神不寧。

隨手抓了床旁一杯水，也不管是已經放置多久的，王成一口氣就全灌下，頓時覺得胸口舒暢些，他慢慢瞇起眼，在晦暗的光線下，他瞧見臉著大紅新娘妝的成仔嫂裸身向他走來，乳白的奶子吊得半天高，在他眼前晃呀晃地，搞得他有些暈眩。

他想迎身向前，卻覺得軀殼被高尚的靈魂牽扯住，無法行動，待軀殼再掙扎，靈魂就開口大罵：「你這淫穢的傢伙，眞沒出息，伊根本就沒把你當一回事。」

成仔嫂走到他身旁躺下，豐唇不斷地蠕動著。

王成感到一陣錐心的痛，軀體也加劇地扭動。

彷彿他的靈魂在撕裂肉體，肉體也在撕裂靈魂。

這撕裂的痛楚將退之際，他忽然聽到成仔嫂的狂吼：「你發啥米瘋？」張眼一看，自己的手正抓住成仔嫂的奶子，而成仔嫂則漲紅臉在掙扎著，於是王成趕緊把手縮回來。

「你就只會喝酒發酒瘋，你還會啥米？」成仔嫂邊扣胸前的鈕子邊罵：「要逞英雄不會一頭撞死去呀！幹嘛來擾我睡覺。」扣好以後就甩開棉被下床去。

留下王成呆愣愣地坐著，不解地想，剛才那個塗大紅妝、赤裸著身的成仔嫂，怎麼瞬間就不見了。

到底那一面才是眞正的她？

這天早上，王成跟往常般燃香拜他的母親，拜完後趨身插香時，看見牌位上浮現他母親慈祥的臉。

那臉充滿關愛地看著他，一如他母親生前般。王成激動得咬住下唇，怕自己失了態，而插香的手，卻顫抖得幾乎持不住香。但未過數秒鐘，那張臉就開始起變化，逐漸拉長、扭曲，關愛的眼神轉為哀怨，轉為憤怒，整張臉扭得不成形。

王成驚懼地往後退了幾步，一顆心都快撞出胸口了。然後他又看到他母親那隻瘦黃的手臂，緊緊地抓住棉被抽動、抽動、抽動、抽動……。

他尖叫了聲，轉身奪門而出。

## 5

午後，大地一片沉寂，連蟲鳴都弱了許多。

成仔嫂端端坐著縫補衣物。

陽光懶懶地自邊窗射進來，灑得屋內些許昏黃，使得一切都失去生氣。

放下縫了一半的衣服，成仔嫂打了個呵欠，一臉無精打采的模樣，這陣子她總感到胸口悶，有時悶得會讓人冒冷汗，去看過一次醫生，卻說是沒病，要她寬心養身就可以了，她卻不以為然，因為她覺得自己的日子過得夠閒的了，常常提不起精神來做事，還會睡上一下午哪！

慢慢站起來，伸了個懶腰，成仔嫂便朝屋外走去，外頭陽光亮得她一時張不開眼。

胡亂找了張凳子坐下，心中卻沒主意要怎麼消磨掉這個下午。

閒坐了沒多久，成仔嫂就看見玉嬸的丈夫打著赤膊，提了兩袋東西，朝她面前走過，微笑地和他打過招呼以後，成仔嫂居然望著玉嬸丈夫的背影，發起愣來了，惱中旋者的是他被陽光曬得發亮的肌肉，那肌肉看來是眞正健康的男人才有的。

這念頭使得成仔嫂覺得身子有點不對勁，踉蹌地走回房跌在床上，仍是覺得氣喘得急，她不停地用手撫著胸口，卻抹不掉腦中充斥的，玉嬸丈夫赤裸上身的身影。

「該死！該死！」她低詛著。

可是那結結實實、凹凸有致、在陽光下閃著亮光的肌肉，仍盤據她腦海，最後她放棄將它驅逐出去，只任那肌肉淌下的汗珠，模糊了她的意識。

在迷迷糊糊中，她忽然憶起了王成曾說過，他的母親嫁過來王家，未滿半年即守寡了，而閃過這念頭以後，她彷彿又看到一婦人坐在王家門口，哀怨地看著遠方，看得髮變灰、變白，看得門前的樹也轉爲枯黃、凋萎。一陣風颳過，那婦人緩緩轉過頭，那張憔悴的臉竟是她自己。

「啊……」尖叫了聲，成仔嫂迅速自床上坐起，涔涔地一身汗溼，胸口的悶痛也隱隱湧上來，她想著方才那張憔悴的臉，居然是她自己，便不能自抑地放聲痛哭起來。

這夜，王成在外做生意遲了些回來，一入門，看見飯桌上是空的，即嚷著：「按怎沒有幫我留飯菜？」成仔嫂冷冷地坐在那頭，聞聲竟動也不動。王成按捺住心中的怒意，放下肩頭的東西，兀自去倒開水喝，喝完水後，碰一聲地把杯子摜在桌上。

「按怎，把氣出在杯子上？」

王成隨即大喝：「妳自己也不想想，有沒有盡到做人家的某的責任？」

「做某的責任？」成仔嫂的口氣冷似冰：「那得看你有沒有先盡到做尪的責任？」瞬時王成的臉轉爲鐵青，他明白成仔嫂話中的含意，這樣挑明的侮辱，他覺得無法再忍受了：「幹……幹……幹……」一陣狂吼之後，他轉身衝出門去。

成仔嫂這時也在氣頭上：「你能出去，我也能。」回房拿了點錢，然後把大門鎖好，她準備上街給自己添點東西，發洩一下心中的怨氣。

這晚的月色很淡，往街的小路頗爲幽暗，成仔嫂幾次都差點被小石塊絆倒，起先因爲心中有股氣，倒不以爲然，走了些時候——，才漸覺這夜路的荒涼，竟是連個行人都沒見著，她越想越怕，步子就更走得快。

到了街上，見著五顏六色的舖子，及熱鬧的人羣，成仔嫂忽然心生莫名的歡喜，她仔細地逛著每間舖子，添購了不少東西，在逛的當兒，她總不忘撩撩髮，整理一下儀容，怕混在人羣裡失色，有時碰到迎面單獨走來的男子，還會不自在地別過頭去。

等她逛得差不多時，才驚覺逛街的人已剩不多了，約是很晚了吧！她想，然後就趕緊循原路回去，由於一心惦著要趕路，步過幽暗小路時，一點也沒感到怕，倒是等到被個小石塊絆著跌下時，才看到後頭似乎有個人跟著，她嚇得兩腿發軟，愣了片刻，才爬起來往前跑。

這小路卻忽然變得很長，成仔嫂拚命跑了半天，仍沒有跑到盡頭，月色朦朧，映得兩旁樹影若隱若現，似魑魅舞爪，隨時會攫去人的魂魄般。就在轉彎的當兒，成仔嫂被個男人從背後撲倒，本能的反應使她尖叫出來，但是，一切似乎都太遲了。

有月，月卻不明。

野草粗得刺人，成仔嫂的皮膚在奮力掙扎下，被刮得斑點青紅，哭喊的叫聲迴蕩四野，竟只惹來風聲。

風聲雜著尖叫聲，越揚越高。

樹影撩得薄月都躲入烏雲後，仍不停止，像撩開成仔嫂衣服的粗手，詭異迅速。

衣服被拋揚起，而後纚纚地癱在一邊。

成仔嫂感到從未有的絕望與恐懼，哭喊得聲嘶力竭後，她覺得自己全完了。

長得扎人的草，幾乎要淹沒糾纏在地的人影。

碎石一路無盡延伸，像惡夢。

然而當那男人接觸到成仔嫂後，一切似乎逐漸改觀。

震野的哭喊聲慢慢減弱。

代之而起的是，本被叫聲壓住的嘹亮蟲鳴。

那強壯的男體，一點一滴地驅走成仔嫂心中的恐懼。

從未有的火爆感覺，在成仔嫂的體內燃起，似添了油的火苗，猛往上竄。不可收拾。

月雖不明，但風清，清得撩起慾望之火。

忽然一個可怕的念頭，閃過成仔嫂腦海——反正他是不相識的人……不相識的人……的人……的人……不相識……。

念頭被攪得支離破碎。

明朝、後朝……，此生此世，不再相見的人。

夜的黑暗緊緊縛住大地。

成仔嫂突地抓住那人，弓身向前。

嘹亮蟲鳴蓋不住沉重的喘息聲。

夜也混亂起來。

當黎明的曙光微露時，成仔嫂緩緩張開眼，昨夜的事眞如一場夢，眼前的一切，竟只是靜寂。

她撐著坐起，開始理凌亂的衣衫，掛在身上亂七八糟的衣服，提醒了她，昨夜並非一場夢。她雙手交抱在胸前，閉上眼，感覺到那曾熊熊燃起的火，現在仍殘留餘溫。

這餘溫讓她心生羞愧。理好了衣衫，她立刻朝回家的路，狂奔而去。

一推開家門，她便跪倒在婆婆牌位前，不貞的感覺使她不敢抬頭，只是在心裡喃喃懺悔著，她不敢奢望得到諒解，僅是想求得內心的平靜。

可是過了一會兒，昨夜的風聲，竟然又在混沌的腦中揚起，她拚命地克制自己，並加速心中的懺悔，然而風聲卻一波一波，越揚越高。

風聲捲著懺悔聲，猛烈拍打著她。

逼出她一身冷汗。

就在風聲幾乎快淹沒懺悔聲時，她整個人往地上趴下，並痛哭起來。哭了一會兒，她驚覺到身後有異常的聲音，猛一回頭，竟看見王成站在門邊，冷冷地看著她。

## 6

在王成初知成仔嫂懷孕的時候，成仔嫂已經懷有孩子近四個月了，那一天王成像發瘋般地，拿起扁擔猛往成仔嫂身上打，而成仔嫂只是緊緊抱住肚子，以保護腹中孩子的姿勢任王成發洩。

之後，王成整整一星期沒有回家，他不願去面對成仔嫂，及那個因他的缺陷而幾被摧毀的家。

這些日子，白天他到街上亂逛，夜裡就喝得醉醺醺才踉蹌地回旅店，縱然意識已模糊，但他仍會覺得四周有一股，要令他窒息的氣息迷漫。有時他會理直氣壯地把成仔嫂罵個痛快，然而有時他則縮在床的一角，完全不知所措。

王成甚至覺得，自己不認識成仔嫂了，那一個相親時面露羞怯、結婚時嫵媚嬌柔的女人，什麼時候徹底消失、消失了?他每天和成仔嫂生活在一起，居然不了解她?王成覺得自己又荒謬、又可笑、又可悲，在一陣自哀自憐後，他腦中忽然浮現成仔嫂高聳、散發白皙熱力的雙乳。

對！是那對奶子！他在心中高喊，然後他看見身著大紅新娘裝的成仔嫂，慢慢朝他走來，她豐厚的唇微張，雙眼射出淫蕩的光芒，邊走邊褪去自己身上的衣服，等到衣服褪盡，那對奶子活蹦蹦地亂顫，似在向王成挑戰，而後成仔嫂趴在地上，誇張地扭動起來，在這一瞬間，王成忽然明白了，成仔嫂的靈魂早已不存在，剩下的只是淫惡的軀體，那擺明了要勾引男人的軀殼，除此之外，什麼都不存在。

他母親的牌位，成仔嫂的軀體，除此之外，什麼都不存在。

如此一想，王成的心裡隱生一股暢快，那誇張扭動的成仔嫂，在他看來，不過是頭逞慾的動物罷了，如此罷了，他開始大笑起來，笑聲揉和屋內本有的冷淒，形成另一種奇異的氣氛，慢慢迴旋、迴旋著。

但是忽然間，那正扭動著的成仔嫂的臉，竟變成他母親的臉，那臉正恣意呻吟著。

「不……不……不……」王成狂吼著，重重跌下床，而後拚命地爬到牆角，雙手摀住臉，不願去面對這可怕的記憶。

多少次，他甚至想用死亡，來抹去這可怕的記憶。

十六歲那年，有回他出了門，卻因忘了帶東西，又折回家裡，無意中從他母親未掩緊的門縫裡，窺見他母親那隻瘦黃的手臂，緊緊地抓住棉被抽動，他視線往上一移，竟看到壓在她母親身上的，是他最信任、照顧他們母子多年、且有妻有子的廖叔叔。

在那一瞬間，他的世界完全崩潰了，他不記得他是如何走到河邊，呆坐一整天的，他只記得河邊很冷，風的寒意狠狠地灌入他的體內，凍住他的心。河面浮現他母親慈愛的臉，定定地看著他，過沒多久，風吹皺了河面，弄擰了那張慈愛的臉。

自此之後，他每次一對男女關係有憧憬，惱中便會出現一種模糊、但似乎又藏著令他恐懼的東西的景象，而他卻從未看清這景象。

## 7

過了很多年，王成終於想通了，其實最苦的是他的母親。

## 8

流言的力量可殺人。

由於受不了街坊鄰居的種種流言，在成仔嫂產下嬰孩近兩個月的某個夜裡，王成喝醉酒，趁成仔嫂不注意之際，把嬰孩抱走。

然後跑得很遠，把孩子丟在一個不知名的地方。

# 9

風一陣一陣撩起。

暮色籠著這個小鎮。

看熱鬧的人越聚越多。

玉嬸被她的家人抓著，仍不住地在狂喊：「王成，叫你某快還我的囝仔來，叫你某快還……」

王成的汗已滲溼了握繩的手。

那頭，成仔嫂緊抱著嬰孩，傻呵呵地笑著，但是若有人敢靠近，她就又作勢要把孩子丟入井中。

夜幕逐漸垂下。看熱鬧的人聲越來越嘈雜。

玉嬸的兩個家人，分別持布袋及木棍，由後方慢慢朝成仔嫂靠近。

王成的心亂得失去方寸，握繩的手劇烈地顫抖著。

風聲散遍四野，似低泣。

星星一顆顆出來了，卻沒有人看到。

民國五十六年生，台北市人。現就讀於淡江大學夜間部中文系，並任教於國語實小。著有小說集「信是有緣」。

## 鄒敦怜

# 一泓清瀉的流泉

## 記鄒敦怜

◉簡玲

初識鄒敦怜是乍寒還暖的九月底。黃昏，風很輕，雲很柔，聆聽她的細語，我想起了一泓清瀉的流泉。

之後，我們仍來自異域踩著相同的夕陽，相約在那些星月相伴的殿堂，古朝今人與我們同一天空。敦怜，就坐在我的前頭，偶一回首，談談卡內堤，談談莫泊桑，也說說小說世界。同學老是分不清我們兩個，在多次被錯認之後，我們很自然的熟稔起來。

那段日子，每夜，不管迎著絲雨，或踏一趟月色，我們在師大路，談談彼此，有時看誰的公車先到，隔著車窗做揮別。能有創作路途上的朋友，那些夜，都顯得特別短而美麗。常常，我回奔於雨港山城，在八千里路的車程處，想必與敦怜這般的際會，信是有緣。

## 從幼稚園起就愛看書

談起她的寫作歷程，得追溯到十幾年前。她的父母均是教師，在她年齡還不足上幼稚園時，便跟著媽媽到東師附小「上課」，只要媽媽在上課，她就到隔壁的圖書館坐著看故事書，從小培養的閱讀興趣，再加上媽媽也很能寫的薰陶下，她很幸福的擁有這些特質而勤於做個筆耕的人。

她大約從國中時期開始寫作，舉凡校內外的作文比賽，她都有很好的成績，同時也經常有小短文見報。聯考時，她同時考上中山女高和北市師專，經過考慮，她選擇了能繼續學音樂和寫文章的師專，事後證明這條路走對了，師專自由又極富人情味的環境，使她不必間斷由六歲學起的鋼琴，還能由現在教授小朋友彈鋼琴中體會到教學相長的樂趣。但學音樂的她，說自己是個膽小的人，「膽小的人特別會寫，因爲說的不流利，做的不浪漫。」她很高興自己寫得比說得更溫柔多情，也因此，她的筆開始飛奔起來。

最初，她寫的是童詩、童話，出現在國語日報和中央、新生的兒童版。然後開始有散文、小品文的創作。她的散文曾得過全國學生文學獎佳作以及市師文學獎的第一名。

當她感到這些文體無法表達她的意念，她想串連一些眞實的「小事件」，再加上虛構的題材……於是，「小說」就出現了。

## 小說取材自生活中的事件

她的第一篇小說是發表於明道文藝的「黎生大廈」，得到很多的矚目。這篇小說的靈感來自於她到同學家試用新買的單鍵電子琴，聊著聊著，那個長她幾個月的男生拿出一張精緻的售屋廣告，很愼重的陳述「我要買一棟房子！」這時她的腦袋裡開始浮現一連串的圖畫，這棟房子會住多少人？他們之間又會有怎樣的關係？「黎生大廈」由不幸的墜樓事件，發展成爲溫馨的結局。同樣的，「成功計畫」、「猜猜我是誰」裡的故事中人，都是眞有其人而引發了她創作的靈感，可見，她的取材是由生活中的點連成線而成爲面的。

讀她的第一篇小說是「劇中人」，對於小說中那個什麼都不出色而造個「假想姐姐」的可憐角色，直到劇終才恍然大悟其間的懸疑。後來，又陸續看到她的「都市人種」、「老薑」，而「同學會」則是她最鍾愛的一篇小說，爲了紀念已逝的同學。「人間一日」集合了讓她忿忿不平的幾個事件，諷刺性很强。「錯綁惡魔黨」是她教書後的作品，她每日宣導學生怎樣偵察壞人，逃離魔掌，不禁對社會給予兒童不安全的環境提出抗議，於是塑造了兩個差勁的綁匪。也因爲教學的熱忱，她同時觀察到面對一個智能不足而無法自主的孩子，家長的無助絕望，而寫成了「期待仙女棒」。

另外，「夏天與春天之間」悲劇性較弱，而其中代表著成功卻寂寞的角色，她也給予了歸宿和方向。「一願記」也許正好觸及現代人在物質充裕之下心靈的空虛矛盾，所以被好幾個出版社收錄於專輯中。

最近，林白出版社要替敦怜出版第一本小說集「信是有緣」。她笑著說，作品有了「家」之後，就不必再有收集及收藏上的麻煩了。

## 把同情關懷化成文字

整個來說，她創作的動機，源於她觀察外界事物的感動。她用開放的心，不設防的接受各種資訊的衝擊，她在創作時，態度很嚴謹，心情卻是絕對輕鬆的。她常說，她對寫作沒有很大的企圖，只當作是一種記錄的心情，她並不想爲自己套上沉重的盔甲來扼殺創作的興趣和信心。

去年盛夏，敦怜來訪。當我告訴她，從小我就對生命的悲苦感到無力感而想成爲

「說故事的」夢想，當我問及她最大的願望是什麼？她慈悲且溫婉的回答：「以前最大的願望是當醫生，因爲，可以減少許多人的病痛，而且在經濟上會有更大的能力去幫助別人。」

雖然她投入教育工作，但悲天憫人的感觀，依然向著悲慘、愁苦、無奈的現實社會探照，她無法在得知別人不幸時，依然視若無睹，然而能力所及，她只能把這些同情、關懷化成文字。其實，這樣的心理診治，無疑的，她的願望仍然實現了。

白天在國語實小教書，晚上又風塵僕僕的趕到淡江大學上課，忙碌的生活，會不會使她終止創作呢？

「絕對不會！」她肯定的回答。的確，上個寒假，她綜合了蒐集的資料寫成七萬字的「鍾情山莊」，文字清新可喜，雖然還未發表，但也足見她的筆可以經營比一兩萬字更長更廣的東西了。

## 寫作是她快樂的泉源

那麼，今後的計畫又是什麼？

她想把積了一學期想寫的東西寫出來，她還想花多一點時間讀古書，因爲她相信古典文學才是創作的泉源，她希望藉以使自己創作的路途更廣闊，她並努力加强外文能力，以便欣賞那些翻譯小說的原貌，用來增加自己寫作的技巧。

教書、彈琴、上課，偶爾爬爬山，對這些她深覺幸福與愉快。望著她充實、自信的神情，我想寫作對她而言是生活、是求知、是自在，也是快樂的泉源。而她，也贊同這份信是有緣的契合。

她還很年輕，當她擠身於人潮洶湧的黃昏裡，當她鎮日觸望淡水河畔的火紅夕陽，當她埋首於書籍的領域中，那追逐的辛勤必能化爲更多的星點來幫助她的成熟和成長，畢竟她的路正長。

我們期待，她似清泉般的出發。

——七十八年七月，文訊四十五期

〈鄒敦怜作品〉

# 極短篇四則

阿弘幾次要說話，卻說不出口，

只得一直清喉嚨。

「你們年輕人身體眞不行，

我去找胖胖的衣服給你們披著。」……

# 石妻

每天，他搓勻手上的嬰兒油，仔細塗抹在那顆石頭上。石頭是粉絳色的，幾抹流雲般的花紋間，隱約閃著一些鵝黃色的顆粒。映著燈光，似有若無的發出亮光。

熟悉岩石的朋友看過，告訴他這只是摻雜著水晶的普通石頭。頂多，又經歷了不曉得多少年的海水沖刷，使得外表渾圓柔和。

他懶得辯解，何苦情淺言深？

那一年的夏天，他奉派到東部受訓。研習場所外頭，正是浩瀚碧海。美的棲惻的風景，更引得他發愁。潮起潮落，他耽心聽潮的人永遠不能老。爲了逃開一段失敗的感情，他才設法爭取到受訓的機會。哪曉得日日夜夜單調的浪聲，似乎把時光停駐在一個時段，害得他反覆咀嚼。

時常，他獨自游泳，仗著自己高超的技術，任由海水載他到遠處。遠到幾乎看不到岸，再奮力泅回，尋找一點失而復得的樂趣。有一回，他游到一半抽筋，視線開始痛楚搖晃。魚羣似乎一波波游近他，露出尖銳整齊的細牙嘲弄他。好不容易倒在沙灘上，漫過前胸的水是他眼淚的歸宿。多麼不應該啊，失去愛，不僅讓他的自卑自虐、頹喪洩氣，甚至有輕生的念頭。其實會讓人迷失的，又那止「情海」一關？好一會兒，翻身仰躺，一個硬塊撞痛了他。他順手拾起了這塊石頭。

家教嚴謹的他，期待一分完美無瑕的終生之愛。他甚至在刻意營造出的氣氛中，強行交換兩人的第一次。原本以爲一切已成定局，女孩卻離他而去。「是我不夠好嗎？」他憂傷的問。「不，是你太好了，」他懷疑的聽著，鏡子被他逼人的英氣磨得晶亮，「我配不上你，會有更好的人等著你。」女孩這樣回他，餘地不留。

前方會有什麼樣的人等他？獨眠的夜裡，他思念著一個從未相識的女子，有石的堅貞，月的皎潔，巧笑倩兮。

單身學員的寢室，難免有些髒亂。這一天，他回寢室時卻被一片肅穆的整齊嚇住，從不記得什麼時候清掃的？連著一星期，他才恍然大悟，除了定時來替他們洗衣服的鄰居太太，還會有誰？他囁嚅道謝，鄰居太太極力否認，他反而奇怪起來。會是誰？懂得他喜歡如何的陳設？他開玩笑的留下一張謝函，對方果眞留了句「不客氣」，娟巧的筆跡必定出自一位女子，用細細的手握住細細的筆。

研習即將結束，爲他費心的女子卻從未留到他回來，他實在無法勸阻好奇心，偷偷溜回寢室。隔著窗戶，那個長髮纖瘦的女子正把書一本本落起來。她的臉孔白晰，似乎是透明光亮的。他忍不住推開門，一聲驚呼，幻化成一團柔淡的輕霧，逃進桌上的石頭裡。

他不可思議的拿起石頭端詳，希望能找出特別的地方，石頭依然是石頭。

回到公司後，他開始日夜帶著石頭。期待心窩的溫熱能解除那個咒語。或者，感動那顆石心。他老是覺得，有結過婚的滿足。

雖然，他忠貞卻害羞的妻子，到現在還躲在石頭裡！

——七十九年十月廿八日，自由時報副刊

# 換心手術

醫院的慶功宴結束後，閃光燈終於暫停追逐著她。雖然她已經是編號一百的換心人，這項手術是否成功還是頗引人注意。一個月來，不斷有人在加護病房外拍攝她的病後生活，偶而主治大夫還會在媒體上報告她的最新狀況。她，一個科技促成的可能。

從小，她就知道自己有顆脆弱的心臟，幸好家境富裕，她可以得到妥善的治療。定期上醫院，厚厚的病歷是醫生的研究題材。她很清楚，如果要實現二十歲以後的夢想，一定得動個大手術。然而一個健康的心臟，是多麼的可遇不可求！

她的個性溫和，惹人憐愛。雖然不知什麼時候會爆發的病，讓她不夠結實強壯，但她生性樂觀，處處替人著想。那天，被通知有個心臟正等著她，所有認識她的人都誠心替她祈禱。

依照醫生的吩咐，她還得靜靜的休養半年。「一個人在家怕不怕呀？」父母上班前笑著問她。「不怕，我習慣了。」吃藥、檢驗、飲食等細節，她早就做了千百次。何況適當的運動，更可以促使病體復原。

起初，一切都十分正常。她靜靜的看書、畫畫兒，接近中午，突然有一股強烈的絕望襲上心頭。她想到從出生到現在，沒有一刻死亡不是伴隨著她，甚至永遠也擺脫不掉。她瞥見酒櫃裡一組精緻的刀叉，有結束一生的衝動。鐘敲完十二下，她彷彿大夢初醒，不可思議的回想剛才的念頭。還沒有動手術之前，她早就不畏生死，打算斤斤計較每一個該活的日子。現在竟會想到自我了結，不是太對不起心臟捐助者嗎？她搖搖頭，努力把剛才的怪念頭逐開。

連著幾天，每到中午十二點，她都會莫名其妙的想到死亡。一條皮帶、一盆水、一把鐵鎚……都刺激她進一步的行動。她必須用很大的力量，才能控制自己的思想。一過十二點，她才能鬆一口氣，像剛經歷一場激烈的爭辯。最近幾天，她越來越覺得力不從心。十一點半以後，她就害怕。不得已，她只好向膩友求救。

「白天來陪我吧！我有點寂寞。」她還不敢說出眞正的原因，那個連自己也不確定的理由。

「我陪你去圖書館看書好嗎？反正很近，只隔一條街，免得整天待在家裡胡思亂想。」朋友設想周到。

十一點三刻，朋友帶著她走上街。不太熱的一天，都市的嘈雜還沒侵犯到這住宅文教混合區。

過馬路時，她被猛然拉住，朋友心有餘悸：「你幹嘛呀？紅燈，車子一輛接一輛，妳還往前闖？」

她偷偷看一看腕表，十二點過六秒。她歎了一口氣，今天算是捱過了。

進了圖書館，她看到桌上有一疊裝訂成册的報紙，是前兩個月的。「住院時都沒看報，當了一個月的魯賓遜。」她邊笑邊翻。

突然，她看到一則只有幾平方公分的小消息：「死刑犯×××昨日十二時在獄中自殺，囑捐贈所有器官，預計將有多人受惠……」

一股寒意襲擊著她，那天正是她手術的前七天。

——七十九年七月廿八日，自由時報副刊

# 神秘禮物

凌晨，天成突然從被窩跳起來，直奔鏡前。看看成果，不禁咧嘴而笑：多美的禮物！曉蘭被派往總公司受訓，天成理所當然的送她到機場。交往快一年，沒超過兩天的分別。這會兒一下子隔了半個太平洋，六週，天成從來沒感受過這麼樣的寂寞。廣播通知登機檢查，天成突然把曉蘭擁入懷裡。一個長吻，只希望時光暫停。

「會寄信給我吧？不會交外國男朋友吧？會準時回來吧……」

曉蘭笑著推開他：「老天，我可是去受訓上課要交報告的，又不是去度假。放心吧！」曉蘭用小小的手摸著她自己的臉頰，笑著埋怨：「我的臉一定被扎了幾千個洞了，你那鬍子喔，眞可怕！以後誰敢讓你親！」

曉蘭讓飛機載得遠遠的，曉蘭的話卻點活了天成，想做一件瘋狂的事，最重要的是，得秘密進行。

天成給曉蘭一點點訊息：「……我打算送你一樣禮物，是一種非常不容易培養的植物，它每天只能長零點零零二公釐……」

頭一個星期，天成就有點不一樣。公司的同事打趣著：「怎麼，連小姐一離開，就失魂落魄啦？」回到家，爸爸媽媽也頻頻叫天成多休息，拿掉眼鏡的媽媽，左看右看的：「孩子的爸，我看天成臉色愈來愈難看了，你說是嗎？」「對呀，愈來愈黑了，你明天煮點補品吧！」

一搭一唱的，只有知情的天成心底暗笑。

再隔個週末，天成一進辦公室，坐在前排的小姐全楞住了。「魯賓遜」的外號，悄悄傳出。

天成每晚用熱水仔細洗滌，幻想一臉辛苦培養的裝飾品，將可以柔柔的，細細的接近曉蘭。他寫給曉蘭的信，賣盡關子：「……還記得我跟你提起的神秘禮物嗎？現在已經長得非常好。它可以增加我的男性魅力和威嚴，以及我倆之間親密……再等一週，你就可以看到了……」

星期六，天成聽見父親在房裡咳嗽歎氣：「哎，我大概活不長了，昨晚夢見兩個一青一白的小鬼要來捉我，就是天成這種模樣。我一見到他就心驚，天成是不是想咒我呀！」

「怪了，這孩子最近怎麼和別人趕起時髦來了？我去勸勸他。」母親的腳步慢慢踱近，天成趕緊翻身裝睡，一顆心狂跳不止。

接下來幾天，天成都藉故晚歸，好歹得等到曉蘭星期六回來看上一眼吧？沒想到星期五下班，大夥正吹著口哨準備週末度假。總經理臨下班才叫他去，忍著笑說：「羅組長，不少客戶反應說你最近改變形象，沒想到是這樣子。恢復原狀吧，你太瘦，不適合呀！這樣吧，等一下我們一起到街口的按摩理髮廳。」

這天，天成又遲歸了。

隔天，他準時到機場，有點洩氣，有點失敗的挫折感。他覺得不能堅持到最後，很對不起曉蘭。

曉蘭興高彩烈的走進來，他伸手接過提包，仍然是一個長吻，他發現是曉蘭主動的。

接著，他開始聽見曉蘭誇張而聒噪的說起六週的研習。他看見曉蘭的嘴巴一張一合的，活像條大金魚。

「曉蘭，你……我的禮物沒法子完成……」他說起這事仍然十分羞慚。他希望曉蘭很在意的追問下去，然後他再好好解釋。

「算啦……上車吧，坐了十九小時，我想好好洗個澡。送我回去吧！」

打開車門，天成仍不放棄：「你眞的不問我原來準備送什麼給你？」

「天哪！你還在想這？我眞的不在乎你送不送我什麼東西，我累死了！」

車開上交流道，天成感受到一種比曉蘭出國時，更深、更重的，寂寞。

如果可能，下次，他一定要換個喜歡絡腮鬍子的女朋友。

——七十九年二月廿八日，中華日報副刊

# 報信

「你們是他的誰？」

凌晨兩點的公路旁，兩個凸腹警察嚴峻質問，小胖的血從他前額殷殷流出，整個臉孔出奇的寧靜。

「這個一定沒救了——眞不自愛，你們的父母知道你們來這裡嗎？」較年長的警察邊問邊拉長對講機的天線：「人我先聯絡送醫院，你們去通知他家人，準備辦後事吧！」昏黃的燈光下，小胖的臉呈現極爲難看的灰色。

事情不該是這樣的，眞的。

我們的朋友，小胖，前一刻還興高采烈的。

「我也要試一次。」他跨上阿弘那部改裝過的機車，使勁的轉動油門。我們眼看他衝出，心裡正嘆著要不是略微偏右，可以稱得上完美演出。只半秒不到，他撞上那根電線桿，連聲尖叫也沒有，就軟成一灘泥。

「小麗、阿智，你們跟著上醫院，我跟珍珍到小胖家。」救護車來了，檢視了小胖，動作反而不那麼緊張。「沒氣了，失血又多。」抬擔架的人有點漫不經心。阿弘較老成，收起驚惶，告訴我們該怎麼做。

對於小胖，我知道的不多，雖然我們五個高中一直同班。他家在後街的一條巷子裡，父親是個賣饅頭的退伍老兵，母親早在他三歲時跟人跑了。小胖成長過程中並沒有變成不良少年，反而成了極有繪畫天份的天才型畫者。每次上術科課時，老師總是稱讚他的觀察、用色、構圖等技巧，甚至鼓勵他儘快到國外深造，不必留在國內擠大學聯考。胖嘟嘟的小胖聽了，總是一個勁的傻笑。

「也好，我常跟他家買饅頭，還有點熟。」這眞是一件吃力的工作。

到小胖家，還不到四點，他家竟然燈火通明。叫了門，他父親穿著工作服出來，身上沾滿了麵粉。

「哈哈，你們來找胖胖吧？」他把手在衣服上擦來擦去，似乎想空出一隻手。

「不是，我們……」

「哎！小胖那小傢伙，一放暑假成天都在畫畫，也不會去找找朋友。你們等一下，我上樓去叫他。」也不等我們答覆，就爬上樓。

我和阿弘面面相覷，待會兒這個慈善的老人，就得承受嚴重的打擊了。

「奇怪，胖胖不在？喔，也許去找陳教授了，就是那個教你們素描的老師。胖胖早說，陳教授有意推薦他到國外當交換生，怪不得他吃晚飯時特別興奮。這是好事，成不成都很光榮。胖胖也眞是的，居然不聲不響的出門。就算陳教授改變了主意，我這老爸還會笑他嗎？胖胖在學校很皮吧？」

「不會，他很有天份。許伯伯，胖胖他……」

許伯伯堆了滿臉的笑接腔：「小時候只要給他一張畫紙，一盒臘筆，他可以一整天乖乖坐著畫畫。可惜我們家錢不夠，不然早就送他出去了。這孩子倒很聽我的話，常幫我賣賣饅頭，做做家事的。最近是陳教授那兒要他多交一些作品，他才常熬夜作畫。你們是男女朋友吧？」

我點點頭，又覺得有點害羞：「我們都是同學。」

「哎！胖胖從小就這麼胖，餓他三天也瘦不下半分。我真擔心他以後交不到女朋友呢！我只要等他娶妻生子，就可以安心的走了。這些年來要是沒有他，我的日子不知道要怎樣過呢！咦？你們倆怎麼啦？」

阿弘面色凝重，我聽了許伯伯的美夢，心裡著實替他悲哀。

「肚子餓了嗎？第一籠大概快好了，你們坐一下。胖胖也許馬上回來。」許伯伯踅進廚房。

手上握著熱呼呼的包子，心裡卻越來越寒冷。

「你們看這照片，」許伯伯珍重的從上衣口袋掏出，「這是我老鄉的女兒，比胖胖小兩歲，當車掌。你看他們有沒有夫妻相？」

照片遞到眼前，我被眼淚糊住看不清。阿弘幾次要說話，卻說不出口，只得一直清喉嚨。

「你們年輕人身體眞不行，我去找胖胖的衣服給你們披著。」許伯伯又移動老邁的步履。

阿弘猛然起來：「不用不用，我們……我們走了。」

「眞的不等胖胖了嗎？再坐一會兒嘛。」許伯伯極力挽留，我們幾乎是逃著出來。在簷下，我忍不住窸窸落淚，阿弘也紅著眼眶望著我。從這兒還可以看到屋裡的動靜。

電話鈴響，我們聽見……

「對呀，我是許富的家長……」

——七十九年八月廿六日，中華日報副刊

文訊叢刊⑮

# 陽光心事

張曼娟、林黛嫚、楊明、林雯殿、
鄒敦怜

編輯指導／封德屏
美術指導／劉　開
責任編輯／王燕玲・高惠琳
校　　對／孫小燕・黃淑貞
內頁完稿／詹淑美

發 行 人／蔣　震
出 版 者／文訊雜誌社
編 輯 部／臺北市復興南路一段127號三樓
電　　話／(02)7711171・7412364
傳　　眞／(02)7529186

總 經 銷／聯經出版事業公司
地　　址／臺北縣汐止鎭大同路一段367號三樓
電　　話／(02)6422629代表號
印　　刷／裕臺公司中華印刷廠
　　　　　臺北縣新店市大坪林寶強路六號
電腦排版／浩瀚電腦排版股份有限公司
電　　話／(02)7771194
地　　址／台北市忠孝東路三段257號5Ｆ

**定價120元(如有缺頁、破損、請寄回本社調換)**
**郵撥帳號第12106756號文訊雜誌社**

**中華民國八十年五月二十五日初版**
**行政院新聞局局版台誌字第6584號**